KB013533

좋은생각

들어가는 글

명언도 시대에 따라 바뀌었다. 70년대에는 처세술이라 하여 현실 적응이 우선이었다. 80년대엔 의지와 신념이 중요했다. "나는 할 수 있다." "불가능은 없다."라고 하면서 자신에게 최면을 걸었다. 90년대엔 훈련과 습관이 인생을 바꾼다고 했다. 그리고 이후에는 내면의 소리를 놓치지 말고 자기 발걸음의 북소리를 듣고 움직이라고 한다.

다 옳은 말이다. 하지만 우리가 알아야 할 것은 '그래서 행복한가?'이다.

삶은 결코 단순하지 않다. 복잡하고 다양하며 끊임없이 변한다. 의심과 갈등, 불안과 욕망이 마음마다 혼재해 있다. 이런 가운데서 자기 삶의 주제나 주장을 갖는 것은 무척 소중한 일이다. 그리고 이러한 자기 세계의 개척과 확신은 자신과 타인의 경험과 노력을 통해 가능해진다.

여기에 실린 명언들은 시대에 따라서 변하지 않는 삶의 본질과 인간 본성에 답한다. 자유와 기쁨, 건강한 사랑에 바탕을 두고 삶에 답한다. 일시적인 게 아니라 일생을 통해 나타나는 기쁨을 찾고, 특별한 환경에서가 아니라 일상에서 보통 사람들이 받아들일 수 있는 명언들이다.

어느 명언 하나가 가슴을 쳤다고 해서 그날로 삶이 바뀌지 않는다. 어느 명언에 실망하고 나와 생각이 다르다고 책을 덮을 일도 아니다. 모든 변화는 쌓이고 쌓여 어느 땐가 일상에 조금씩 얼굴을 드러낸다. 조급함과 불안이 작아지고, 말이 부드러워지고 얼굴이 밝아진다.

삶은 아름답다. 어느 누구의 삶이라도 어떤 예술 작품보다 뛰어나게 아름답고 소중하다. 하지만 가만히 있으면 그것들은 자기를 스쳐 지나가고 공허와 아쉬움만 남는다.

이 책 제목이 《사랑의 인사》인 것은 모든 명언에 담긴 인류에 대한 사랑을 느꼈기 때문이다. 그리고 그 사랑이 아침마다 우리를 찾아와 창문을 두드리고 인사하는 모습을 상상하기 때문이다. 사랑을 받아들일 줄 모르면 그 인생은 아무것도 아니다. 대신 사랑을 받아들인다면 그 삶은 누구의 삶이든 최고의 삶이다.

Day 001

첫 조각부터

성공의 비결은 시작에 있다. 시작의 비결은 아무리 복잡한 문제라도 작은 조각으로 나누어 첫 조각부터 시작하는 데 있다.

마크 트웨인

세상의 모든 일은 복잡합니다. 한 번에 되는 일은 단 하나도 없습니다. 어떤 일이든 작은 조각들이 전체를 이루며, 그 조각들 사이에는 순서와 질서가 있습니다.
일을 시작하는 게 두려운 것은 일을 전체로만 보기 때문입니다. 그러면 막연하고 답답합니다.
일을 잘하려면 우선 복잡한 일을 작게 나누고 그런 다음 그 조각들이 전체에 들어갈 순서를 정합니다. 그러면 일이 작아지고 간단해져서 퍼즐 맞추기를 하듯 재미가 있습니다.
작고 가볍게 시작하십시오.
오늘부터 삶이라는 그림의 즐거운 퍼즐 맞추기를 시작합니다.

Day 002

긍정의 힘

앞에 놓인 삶을 향해 미소 지어 보라. 미소의 절반은 당신 얼굴에, 나머지 절반은 친구들 얼굴에 나타난다.

티베트 격언

긍정의 힘은 큽니다. 나뿐 아니라 주변 사람들에게도 영향을 끼칩니다.
내 앞에 놓인 삶을 긍정적으로 바라보십시오. 어떤 날이 다가오더라도 미소 지어 보십시오.
'미래의 날들이여, 나에게로 오라. 나는 너를 두려워하지 않겠다. 미워하지 않겠다. 너를 사랑하겠다.'
이런 자세로 살면 불안과 어둠은 어느새 사라지고 얼굴은 밝아집니다. 그 기운이 가까운 친구들에게도 전해져 그들의 얼굴 또한 밝아질 것입니다.

Day 003

지금 여기

성공의 여정을 즐길 줄 알아야 한다. 바로 지금, 여기, 순간순간마다 꿈을 이뤄 가는 아름다움과 경이로움이 깃들어 있다.

마크 앨런

아름다움은 어디에 있을까요? 기쁨은 언제 올까요? 바로 여기, 지금 이 순간에 있습니다.

어제도, 내일도 아닙니다. 그곳도, 저곳도 아닙니다. 지금 이 아침, 내 집, 내 직장, 내 길 위에 있습니다.

'지금 여기' 있는 기쁨을 찾지 못하면 늘 힘들고 지치고 외롭습니다. 우리는 내일만 찾기에는 의지가 너무 약하고 어제만 회상하기에는 꿈이 너무 큽니다.

꿈과 성공은 결과가 아닙니다. 과정의 기쁨이고 현재의 행복입니다. 희망은 현재를 단단히 딛고 있어야 합니다. 꿈을 꾸되 지금 내 곁에 있는 것의 소중함을 먼저 알아야 합니다. '그날 그곳'이 아니라 '지금 여기'에서 아름다움을 발견하고 경이로움을 만나십시오.

Day 004

나를 향해 웃어라

자신을 향해 마음 놓고 웃는 날, 너는 어른이 된다.

에설 배리모어

우리는 언제 어른이 될까요? 문득 나이가 들었다고 생각된 날일까요, 결혼한 날일까요?
아닙니다. 나를 있는 그대로 드러낸 날, 내 모습 그대로를 좋아하고 사랑한 날, 그래서 마음껏 웃은 날입니다.
지난날의 상처와 실패, 오늘의 현실과 내일의 꿈까지, 내 삶의 모두를 긍정적으로 받아들일 때 우리는 비로소 어른이 됩니다.
"나에게 이런 상처가 있어." "나는 이런 못된 습관이 있어." "나는 이렇게 살고 싶어." 자신을 드러내면 나를 향해 웃을 수 있는 여유가 생깁니다. 나를 향해 웃는 일은 자신에게 채워진 족쇄를 풀어 버리는 것과 같습니다. 누구나 그때 어른이 됩니다.

Day 005

성실함

성실은 행운의 어머니다.

벤저민 디즈레일리

내가 나이 들면서 가장 크게 깨달은 것은 '성실'의 중요성입니다. 어릴 때는 성실보다 관계나 지혜, 순발력을 더 좋아했습니다. '빨리', '쉽게', '정확'하기 위해 꾀를 냈습니다. 이것이 일의 방법일 수는 있지만 일의 본질은 아니라는 걸 이젠 압니다. 인간은 부지런함과, 성실함과, 정직함으로 행복에 이릅니다.

성실을 우습게 알고 임기응변이나 힘과 능력에 기대는 사람은 헛사람일 가능성이 높습니다.

우리가 아는 모든 위대한 사람은 성실함이라는 공통점을 가졌습니다. 외부 환경도 내면의 재능도 아닌 그저 일생을 열심히 살았을 뿐입니다. 우리에게 다가올 행운이 묻습니다. "지금, 그곳에서 성실하세요?"

Day 006

사랑의 안경

다른 사람의 필요를 자신의 필요만큼 소중히 여길 때, 비로소 사랑은 시작된다.

앤 설리번

필요와 사랑, 이 두 단어는 어울리지 않을 것 같지만 사실은 매우 밀접한 관계가 있습니다.
사랑하는 마음이 없으면 상대방의 필요가 보이지 않습니다. 그가 무엇을 좋아하고 원하는지 모릅니다.
상대방에게 무엇이 필요한지 보이고 그것이 내 필요보다 중요하게 여겨진다면 우리는 지금 사랑하고 있는 것입니다.
사랑은 단순한 즐거움의 감정이 아닙니다. 상대방의 삶으로 들어가 필요를 채움으로 그의 삶을 더 행복하고 풍요롭게 하겠다는 결심이자 행동입니다.

Day 007

넓은 시야

새로운 이론을 발견하는 것은 산에 올라 새롭고 넓은 시야를 갖는 것과 같다.

애덤 스미스

산 정상에 올라가면 두 가지를 경험합니다. 하나는 다른 풍경을 만나는 것이고, 하나는 시야가 넓어지는 것입니다. 높이 올라갈수록 아래쪽과 전혀 다른, 넓은 세계가 펼쳐집니다.
새로운 시야, 넓은 세계를 보고 싶다면 이곳, 낮은 곳에만 머물지 말고 산 위로 올라가야 합니다. 낮은 여기에서는 더 이상 새것을 얻을 수 없습니다.
이제부터라도 한 걸음 한 걸음 산으로 오르십시오. 그러다 보면 날마다 새롭고 넓어지는 세계를 만날 것입니다. 경이로움과 설렘이 있는 날을 만날 것입니다.

Day 008

하루가 주는 특전

하루하루란 얼마나 값진 생의 특전인가. 거창하게, 아름답게, 행복하게.

헬렌 니어링

긍정적인 사람의 가장 큰 특징은 하루하루를 소중하게 여기는 것입니다. 그들은 '하루'라는 시간이 주어졌다는 사실 앞에서 기뻐합니다.

'어떻게 유익하게 사용할까? 어떻게 아름답게 꾸밀까? 어떻게 즐겁게 나눌까?'를 생각하며 최선을 다합니다.

'하루'라는 개념을 아는 사람은 이미 성인입니다. 그 사람은 1년이라는 개념으로 사는 사람보다 365배 값지게 살아갑니다. 건강도 하루의 소중함을 아는 사람에게 주어집니다. 행복도 세월이 아니라 지금 여기에 있는 오늘 안에 있습니다.

Day 009

시작하는 용기

꿈을 품고 시작하라. 새로운 일을 시작하는 용기 속에 당신의 천재성과 능력과 기적이 모두 숨어 있다.

요한 볼프강 폰 괴테

지혜는 용기 안에 있습니다. 용기가 없으면 어떤 천재성도 능력도 기적도 나타나지 않습니다.
꿈꾸던 일을 일단 시작하면 예상치 못했던 좋은 일들이 나타납니다. 가장 먼저, 자신의 천재성에 놀랄 것입니다. "나에게 이런 아이디어가 있다니!" "나에게 이런 대인 관계 능력이 있다니."
꿈과 용기가 만나면 큰일을 합니다. 예기치 않은 열정이 일어나고 지혜가 생기며 끈기를 발휘하게 됩니다. 이것이 기적입니다.
"설마 내가 어떻게……." 하고 자신을 과소평가하지 마십시오. 내 안에는 자신도 모르는 놀라운 능력이 숨어 있습니다.

Day 010

나부터 한마음

백 명의 사람이 함께 사는데 각자가 나머지 사람들을 보살핀다면 그것이 바로 '한마음'이다.

인디언 격언

한 사람의 마음이 밖으로 퍼져 나갈 때 모두의 삶이 빛납니다. 나 한 사람이 아흔아홉 사람으로부터 사랑받고 보호받기보다 내가 먼저 아흔아홉 사람을 사랑하기로 마음먹으면, 내가 속한 그룹 전체의 삶이 바로 달라집니다.

한마음이란 이런 마음들이 모이는 것입니다. 나부터 먼저 다른 사람을 위해 일하고, 그들을 보호하며 사랑하기로 마음먹는 것이 한마음의 출발점입니다. '나부터'라고 마음먹으면 아무리 사람이 많아도 '한마음'이 됩니다.

Day 011

고요한 성소

우리 내면에는 언제든지 들어가서 자신을 회복할 수 있는 고요한 성소가 있다.

헤르만 헤세

우리 내면에는 아주 넓고 깊고 고요한 성소가 있습니다. 아무리 속이 좁아 보이는 사람도 그런 내면의 성소가 있습니다.
그곳은 나의 모든 생각을 받아들이고 다듬고 추스릅니다. 어떤 아픔과 갈등도 잠재웁니다. 무엇보다 지친 영혼을 쉬게 합니다.
내 잘못된 생각과 말과 행동을 용서하고, 나를 위로하고 격려합니다. 그렇게 나를 회복시켜 다시 삶의 현장으로 달려가게 합니다.
누구에게든 그런 성소가 있습니다. 그곳을 자주 방문하십시오.

Day 012

신의 선물

소명은 성취해야 할 목표가 아니라 주어지는 선물이다.

파커 파머

우리는 자신의 의지로 무언가를 만들려고 합니다. 인생 역시 어떤 목표를 정해 노력과 신념으로 이루려고 합니다. 과연 생각대로 될까요? 과연 행복할까요?
나는 그것을 어렵게도 보고 괴롭게도 봅니다. 인간의 의지란 언제나 불안하고 신념은 부족하기 때문입니다. 대신 이를 소명으로 보면 어떨까요? 내가 일을 선택하는 것이 아니라 신이 나에게 보내 준 선물이라고 생각하면 어떨까요? 선물은 내가 고르지 못합니다. 주는 대로 받아야 합니다. 그러면 어떤 일을 하든지 나만의 일이 되고 마음도 한결 가벼워질 것입니다. 내 능력의 한계와 미래에 대한 의심도 사라집니다. 신이 준 선물에 감사하며 날마다 행복하게 일하면 되는 것입니다.

Day 013

날마다 새롭게

사랑은 나이를 먹지 않는다. 언제나 자신을 새롭게 만들기 때문이다.

블레즈 파스칼

사랑은 시간을 거스르는 힘이 있습니다.
사랑하면 아침마다 떠오르는 해가 유난히 반짝이고, 해마다 찾아오는 봄이 다르며, 늘 보던 사물이 달라 보이고, 곁에 있는 사람이 늘 새롭게 보입니다.
사랑은 때마다 기적을 일으키고 날마다 새로운 날을 맞이하게 합니다.
그렇기 때문에 사랑하면 나이와 세월을 잊어버립니다.
이것이 사랑의 기쁨입니다.

Day 014

배를 운항하는 법

나는 폭풍우를 두려워하지 않는다. 배를 운항하는 법을 배우는 중이기 때문이다.

헬렌 켈러

우리는 순풍을 좋아합니다. 인생이라는 바다를 순풍으로 항해하기를 바랍니다. 그러나 우리의 인생에는 순풍보다 역풍이 더 많이 일어납니다. 이때 꼭 기억해야 할 점은 우리가 타고 가는 인생이라는 배는 역풍과 폭풍우를 견디도록 만들어졌다는 것입니다. 그러므로 폭풍우를 만나도 놀라지 말고 당당하게 맞서야 합니다. 그때 우리는 삶이라는 바다의 항해 기술을 익힙니다.

1959년 추석, 사라호 태풍 때, 남해의 한 여객선은 항구로 피하지 않고 오히려 태풍 속으로 들어갔습니다. 노련한 선장이 배를 믿고 태풍과 정면 대결한 것입니다. 다른 배는 대부분 항구에서 부서졌지만 그 여객선만은 파도를 넘고 바람을 견뎌 파선을 막았습니다.

Day 015

진행하는 힘

모든 문제에 정해진 해결법은 없다. 진행하는 힘이 필요할 뿐이다. 그것만 있으면 해결책은 저절로 알게 된다.

생텍쥐페리

문제를 들여다보면 해결 방법이 얼마나 다양한지 놀라울 따름입니다. 어느 땐 기다림이, 어느 땐 신속함이, 어느 땐 냉정함이, 어느 땐 유연함이 필요합니다.
그러나 그 어떤 해결 방법도 진행하는 힘이 없으면 무용지물입니다. 결정하면 시작해야 하고 시작하면 계속 나가야 합니다.
시작도 하기 전에 해결법을 두고 왈가왈부하지 마십시오. 진행하는 힘이 있으면 어떤 문제라도 그 힘에 흡수되어 하나하나 자연스럽게 해결됩니다.

Day 016

아름다운 삶

아름다운 삶이란 싹을 틔우는 것이다. 그 싹을 틔우는 힘은 바로 사랑에서 나온다.

빈센트 반 고흐

씨앗이 흙을 밀고 올라와 싹을 틔우는 모습을 본 적이 있습니까? 두리번거리는 듯한 그 작고 연한 초록의 모습이 얼마나 대견하고 황홀한지 모릅니다.
아름다운 삶이란 바로 이런 삶입니다. 어둡고 딱딱한 땅을 뚫고 나와 세상을 향해 두 팔을 벌리는 것과 같습니다. 호기심을 가득 안고 날마다 새롭게, 긍정적으로, 열심히 살아가는 것입니다.
이 모든 일은 사랑이 있어야 가능합니다. 삶에 대한 사랑, 나에 대한 사랑. 그리고 이웃에 대한 사랑이 세상의 모든 싹을 틔우는 힘입니다.

Day 017

성공의 샘

나는 성공한 순간조차 어려움에 부딪히지 않은 적이 없다.

토니 커티스

성공한 사람들은 평화와 기쁨만 누리며 살 것 같지만 그렇지 않습니다. 성공한 뒤에도 불안과 어려움은 끝없이 밀려옵니다.

참성공의 맛을 아는 사람은 어려움 안에서 자유로움을 느끼고 고통 가운데서 삶의 기쁨을 누릴 줄 압니다.

어려움은 파도 같지만 기쁨은 샘물 같아서 자신의 마음 안에서 솟아나기 때문입니다.

진정한 성공은 마음에 하나의 샘을 갖는 것입니다. 그 샘에서 사랑과 기쁨의 샘물이 끊임없이 솟아나게 하는 것입니다.

Day 018

북소리

보조를 맞춰 걷지 않는 사람이 있다면 듣고 있는 북소리가 다르기 때문일 것이다. 박자가 어떠하든, 사람은 누구나 자기에게 들리는 음악에 걸음을 맞춰야 한다.

헨리 데이비드 소로

우리는 모두 다르게 살아갑니다. 각자에게 들리는 북소리가 다르기 때문입니다. 그 북소리에 발을 맞추며 걸어가고 있습니다.
북소리는 먼 과거로부터 먼 미래를 아우르는 자신에게만 들리는 생명의 소리입니다. 어디로부터인가, 늘 은은히 들려와 나 자신을 인도하는 소리입니다. 우리는 그 소리 안에서 일하고 사랑하고 길을 걷습니다.
다른 사람의 발걸음이 나보다 느리다고 화내지 마십시오. 어떤 사람이 나와 다르다고 힘들어하지 마십시오. 그가 듣는 북소리가 나와 다르기 때문입니다.

Day 019

멋진 바보

공손하기 때문에 잃는 것은 만원 버스의 좌석뿐이다.

아일랜드 격언

다른 사람을 높이고 나를 낮추면 손해 보는 것 같습니다. 남을 배려하고 남 뒤에 서면 뒤처지는 것 같습니다. 양보하고 희생하면 잃기만 하고 얻는 게 없어 보입니다. 그래서 사람들은 이런 사람을 바보라 부릅니다.

정말 그럴까요?

짧게 볼 때는 바보 같지만 길게 보면 이런 사람이야말로 삶의 고수입니다. 시간이 지나면 이런 사람이 남에게 인정받고 좋은 사람이라 불립니다.

머리가 아니라 마음이 빛나는 멋진 바보가 되십시오.

Day 020

친절한 안내자

자연은 친절한 안내자다. 현명하고 공정하며 상냥하다.

미셸 몽테뉴

자연의 역할 중 하나는 우리를 지혜의 길로 안내하는 것입니다. 자연 안에는 우리가 배워야 할 모든 것이 있습니다.

첫째는 현명함입니다. 자연은 씨앗부터 열매에 이르기까지, 바닷물이 하늘로 올라가 구름이 되고 이슬이 되기까지 모든 성장과 움직임이 놀랍도록 지혜롭습니다.

둘째는 공정함입니다. 자연은 누구도 차별하지 않습니다. 어떤 식물도, 동물도 차별하지 않습니다. 똑같은 기회, 똑같은 혜택을 줄 뿐입니다.

셋째는 상냥함입니다. 자연은 부드럽고 따뜻합니다. 거센 폭풍조차 화내는 것이 아닙니다. 필요한 곳에 비와 바람을 보내는 것입니다.

Day 021

꽃봉오리의 삶

나는 언제나 활짝 핀 꽃보다 꽃봉오리를, 소유보다 희망을, 완성보다 진보를, 분별 있는 나이보다 청소년 시절을 생각한다.

앙드레 지드

'인생은 미완성'이라는 말은 맞는 말입니다. 우리는 끝까지 배워야 합니다. 때문에 언제나 현재 진행형으로 살아야 합니다.
꽃봉오리의 가능성, 발전과 성숙의 기쁨, 새로움에 대한 기대……. 얼마나 귀하고 아름답습니까?
꽃봉오리의 수줍음과 가능성이 활짝 핀 꽃보다 우리를 더 설레게 하듯 나의 부족함과 부끄러움이 사람들에게는 더 매력적으로 보입니다.
어느 누구도 완벽하지 못하기 때문에 아무도 나에게 완벽을 요구하지 않습니다. 언제나 꽃봉오리의 삶을 사십시오. 이것이 희망입니다.

Day 022

칭찬하기

남의 좋은 점을 발견하라. 그리고 칭찬하라. 사람의 재능은 칭찬하는 쪽으로 향한다.

조제프 주베르

식물이 태양을 향해 고개를 들고 줄기를 뻗듯이, 사람도 칭찬과 기쁨이 있는 쪽으로 자랍니다.
반대로 부정적인 말을 듣거나 단점을 자주 지적받으면 의지와는 다르게 자꾸 그쪽으로 기울어집니다.
인간은 자신의 의지대로 성장할 것 같지만 오히려 다른 사람의 영향을 더 많이 받습니다. 생각하는 대로가 아니라 보고 경험하는 대로 성장하기 때문입니다.
사랑을 듬뿍 받으면 많이 사랑하는 사람이 되고, 칭찬을 자주 받으면 더 칭찬받는 사람이 되기 위해 노력합니다.

Day 023

우주의 주인공

우주의 모든 이치는 한 치의 오차도 없이 오직 한 사람, 당신에게로 향해 있다.

월트 휘트먼

나와 우주는 동일합니다. 내가 없으면 우주도 없습니다. 우주의 모든 이치, 자연의 생성, 인류의 모든 역사, 인간이 발견한 모든 지혜와 원리는 지금의 나를 위해 준비된 것들입니다. 나와 상관없는 일은 단 한 번도 일어나지 않았습니다.

이 무한한 연관성과 역동성을 무시하지 마십시오. 아무리 평범하고 조용하게 살고 있다 해도, 나는 이 우주의 주인공이자 모든 관계의 주체입니다.

그렇다고 교만해지거나 강한 척할 필요는 없습니다. 약하고 부족한 그대로 우주의 주인이니까요.

성숙이란 자존감과 겸손함이 자신의 안에서 조화를 이룰 때 찾아옵니다.

Day 024

서로 사랑하면

어느 곳에서든지 신을 본 사람은 없다. 그러나 만약 우리가 서로 사랑하면 신은 우리 가슴에 머물 것이다.

레프 니콜라예비치 톨스토이

"서로 사랑하면……."
이 말은 모든 가능성을 열어 줍니다.
서로 사랑하면 기쁨과 평화가 있습니다. 우리가 서로 사랑하면 어떤 고통이 밀려와도 이겨 낼 수 있고, 어떤 슬픔이 찾아와도 빨리 지나가게 할 수 있습니다.
사랑은 우리가 바라는 모든 좋은 것을 탄생시키는 모태입니다. 사랑이 있는 곳에 신이 머물기 때문입니다.
내 가슴이 사랑으로 아름답다면 그 순간은 신이 내 가슴에 머물고 있는 때입니다.

Day 025

경험 학습

모든 경험은 하나의 아침. 그것을 통해 미지의 세계는 밝아 온다. 경험을 쌓아 올린 사람은 점쟁이보다 더 많은 것을 알고 있다.

레오나르도 다 빈치

경험은 아침에 비유할 수 있습니다. 아침이 어두운 세계를 깨우듯이, 경험 하나하나가 고유한 지혜가 되어 우리를 깨우쳐 줍니다. 그동안 맞이한 아침의 수만큼 살았다고 말하듯이, 우리는 지난날의 경험만큼 산 것입니다.

경험이 많은 사람을 무시하면 안 됩니다. 그는 어떤 일의 과정과 결과를 대부분 알고 있습니다. 단지 다른 사람에게 기회를 주기 위해 모른 척하는 것입니다. 실수하고 실패하더라도 그것을 통해 깨우치기를 바라는 것입니다. 아침마다 하루를 기대하듯이 경험은 그 하나하나가 우리를 설레게 합니다.

Day 026

좋은 부모 되기

자신에게 헌신할 수 있는 어머니가 자식에게도 최고의 헌신을 바친다.

고타마 싯다르타

부모도 자신을 찾아야 합니다. 자신을 소중히 가꾸고 자기 이름의 열매가 있어야 합니다.
부모의 모습이 자녀에게 그대로 투영되기 때문입니다. 부모로서 자신을 올바로 세우고 아름답게 가꾸고 삶을 사랑하는 것이 자녀에게도 헌신하는 것입니다.
우리는 내 안에 있는 것만 남에게 줄 수 있습니다. 내 안에 좋은 것이 가득하면 남에게 주는 게 어렵지 않습니다.
좋은 모습으로 살아가는 것, 그것이 자녀에게 줄 수 있는 최고의 선물입니다.

Day 027

사명

사명이란 만들어 내는 것이 아니라 찾는 것이다.

빅터 프랭클

내 사명은 이미 이 땅에 존재하고 있습니다. 내가 태어날 때 사명도 같이 태어나는 것이 아니라 이미 있는 무수히 많은 사명 중에 내 것을 찾아 내 것으로 삼고, 열매 맺는 것입니다.
그래서 사명은 시대와 환경에 따라 다르게 나타날 수 있습니다.
지금 내 환경에는 어떤 사명이 나를 기다리는지, 자세히 살펴보면 보입니다.
내가 좋아하고, 잘할 수 있고, 사람들에게 도움 되는 일이 바로 나의 사명입니다.
그것을 발견했다면 망설이지 말고 붙잡고 나가십시오.

Day 028

최후의 10%

백 리를 가려는 사람은 구십 리를 절반으로 생각한다.

중국 격언

좋은 농부는 새벽부터 일어나 대부분의 일을 아침 나절에 끝냅니다. 백 리를 가려는 사람은 일단 출발하면 절반 이상을 한걸음에 걷습니다.
그렇게 하면 일을 제대로 마무리할 수 있는 여유가 생깁니다. 보통 우리는 초반에는 의욕적이다가 일을 끝내기 직전에 지칩니다. 그런데 그 마지막 조금이 일의 성패를 좌우합니다. 지금까지 노력한 90%가 빛을 발하려면 마지막 10%가 좋아야 하는 것입니다.
목표보다 좀 더 일했다 싶을 때까지 가십시오. 그러면 여유가 생겨 마무리가 좋아집니다. 일의 성패는 마무리가 결정합니다.

Day 029

최초의 왕관

길이 있는 것처럼 보이는 곳으로 가지 마라. 대신 길이 없는 곳으로 가라. 그리고 자취를 남겨라.

랠프 월도 에머슨

이미 만들어진 길은 누구나 쉽고 빠르게 갈 수 있습니다. 그래서 많은 사람이 이 길을 걷습니다. 하지만 이 길은 갈수록 재미가 없고 의미도 줄어듭니다.
아무도 가지 않은 새 길은 힘들고 느립니다. 두렵고 위험하기도 합니다. 하지만 그 길은 갈수록 기쁘고 힘이 납니다.
그래서 수많은 탐험가가 자기 이름에 '최초'라는 단어를 붙이기 위해 목숨을 겁니다.
에베레스트산 최초 등정, 최초의 우주인 등은 이미 다른 사람 몫으로 돌아갔지만 '최초'라 불릴 일은 우리 곁에 아직도 많이 남아 있습니다. 스스로 개척하는 일은 다 최초의 길이고 새 길입니다.

Day 030

실패를 기억하라

과거를 기억하지 못하는 사람은 결국 과거를 반복할 것이다.

조지 산타야나

실패 자체는 실패가 아닙니다. 지난날의 실패를 잊어버리는 것이야말로 진정한 실패입니다.
우리 뇌는 무의식적으로 원하는 것만 기억한다고 하지만, 중요한 경험은 마음에 깊이 새겨 두어야 합니다. 왜 실패했는지, 무엇을 잘못했는지 늘 정확하게 알고 있어야 합니다.
실패할 수 있습니다. 그러나 실패를 잊어버리면 다시 실패하고 실패가 자신의 인생이 될 수 있습니다. 오늘의 실패가 내일의 성공이 되는 유일한 길은, 실패의 이유와 의미를 똑똑히 기억하는 것입니다.

Day 031

유쾌한 로맨스

자신을 사랑하는 것이야말로 평생 지속되는 로맨스다.

오스카 와일드

다른 사람과의 로맨스는 끝날 때가 있습니다. 하지만 자신과의 로맨스는 평생 지속됩니다. 이 로맨스는 어떤 부작용도 없고 갈수록 즐거움이 더해집니다.
내 존재 자체, 이름, 감정, 마음, 단점, 성격, 체력, 환경, 가족 등 나를 둘러싼 것과 사랑을 나누면 세상 모든 것이 아름다워 보입니다.
타인에 대한 사랑도 자신을 사랑하는 것에서 시작됩니다.
이 로맨스는 정말로 값지고 유쾌한 로맨스입니다.

Day 032

나를 향한 투자

가장 귀한 투자는 자신에게 하는 것이다.

스티븐 코비

우리는 살면서 여러 가지 노력을 합니다. 공부하고 일하고 생각하고 어느 땐 쉬기도 합니다. 이러한 노력이 어디를 향할 때 가장 효과적일까요?

자기 자신입니다. 나를 향한 노력이 가장 귀한 투자입니다.

남을 가꾸기 전에 먼저 자신을 가꾸어야 합니다. 남을 행복하게 하기 전에 자기가 먼저 행복해야 합니다.

인류를 향한 사랑보다 먼저 자신을 사랑하고, 나아가 한 사람을 깊이 사랑할 줄 알아야 합니다. 그런 다음 사랑의 범위를 넓혀 가야 합니다.

내가 서 있어야 남을 일으킬 수 있습니다.

내가 좋은 씨앗이 되면 언젠가 남에게 그늘을 주고 열매를 나눌 것입니다.

Day 033

아름다운 릴레이

내 삶은 내적이든 외적이든 다른 사람들의 노동에 의지하고 있다. 따라서 내가 받았고 여전히 받고 있는 만큼 다른 사람에게 주어야 한다.

알베르트 아인슈타인

타인과 완전히 동떨어진 삶은 없습니다. 우리는 전 세대와 현세대 사람들이 이룬 정신적 · 문화적 · 과학적 · 경제적 결과물 위에 살고 있습니다.

아인슈타인은 그것을 당연한 것으로 여기지 않고 받은 만큼 주어야 한다고 늘 생각했습니다. 그것이 아인슈타인의 위대함입니다. 그리고 그 생각을 실행해 빛나는 업적을 남겼습니다.

나는 지금까지 누군가의 도움으로 살았고, 지금도 도움을 받고 있습니다. 앞으로도 그럴 것입니다. 그렇다면 나는 그들을 위해 무엇을 해야 할까요?

Day 034

아낌없이 주는 사랑

사랑이란 상실이며 단념이다. 남에게 아낌없이 다 주었을 때 사랑은 더욱 풍부해진다.

빅토르 위고

이 말은 우리를 무겁고 힘들게 합니다.
하지만 우리는 또한 알고 있습니다. 사랑한다는 것은 무언가를 잃는 것이고 무언가는 끝내야 하는 것임을.
그렇습니다. 진정한 사랑 안에는 상실과 단념이 들어 있습니다. 무언가를 칼로 떼어 내는 것 같은 아픔을 견뎌 보십시오. 그 사랑으로 우리의 삶은 새롭고 풍성해집니다.

Day 035

자연의 손길

자연의 손길은 온 세상을 하나로 만든다.

윌리엄 셰익스피어

자연은 공평하고 정직하기 때문에 온 세상을 하나로 만듭니다.
자연은 누구에게도 거짓말을 하지 않습니다. 조금의 가식도 없고 어떤 불평도 하지 않습니다.
자연의 손길은 창조의 손길이며 노력의 손길이고 인내의 손길입니다.
자연은 침묵 속에서 끊임없이 꽃을 피우고 열매를 맺음으로 자신을 새롭게 합니다. 이러한 자연의 손길 앞에서 우리는 배우지 않을 수 없습니다. 그 배움이 우리를 하나 되게 합니다.

Day 036

길은 내 속에

내 속에 모든 것이 있다.

루트비히 판 베토벤

우리가 바라고 찾는 것들은 어디에 있을까요? 내 능력과 기쁨, 행복은 어디 있을까요? 내 미래의 만족과 보람은 어디에서 찾을까요?

그 모든 것은 바로 내 안에 있습니다. 내 마음, 내 생각, 내 시간 안에 있습니다. 내 안이 얼마나 넓고 깊고 풍성한지 알아야 합니다.

내 안에서 삶을 찾는 사람은 결코 실망하지 않습니다.

이미 내 안에 있는 것을 드러내 잘 사용할 줄도 알아야 합니다.

내 마음을 내가 원하는 곳에 이르는 징검다리로 사용하십시오. 내 마음을 세상을 변화시킬 도구로 사용하십시오.

Day 037

희망 씨앗

우리 영혼에 희망이 있느냐 없느냐에 따라 모든 것이 바뀐다. 인간의 활동은 희망이 전제되었을 때 가능하다.

드니 아미엘

우리에게 희망은 절대적입니다. 희망 없이는 아무 일도 하지 않는 게 인간입니다. 나의 영혼은 나의 희망을 먹고 삽니다.

그렇기에 누군가에게 무언가를 주고 싶다면 희망을 주어야 합니다. 이것은 가장 귀한 것을 그에게 주는 일입니다. 진정한 마음으로 희망을 준다면 그는 어떤 경우에도 쓰러지지 않을 것입니다.

희망이란 마음 밭에 뿌리는 씨앗 같아서 한 번 뿌려지면 스스로 자라 꽃을 피우고 열매를 맺습니다. 그 열매가 다시 새로운 희망을 만듭니다.

이 세상은 아침마다 희망의 꽃이 피어나는 정원입니다.

Day 038

눈앞의 초원

너무 멀리 보는 사람은 자신 앞에 펼쳐진 초원을 보지 못한다.

인도 격언

우리는 먼저 내 시야에 들어온 아름다움부터 볼 줄 알아야 합니다. 너무 멀리 보느라 자신의 발 앞에 무엇이 있는지도 모른 채 걷기만 하는 것은 무척 안타까운 일입니다.

현실성이 없는 상상은 삶을 힘들게 합니다.

오늘도 내 앞에는 삶의 초원이 펼쳐져 있습니다. 가족의 웃음, 친구의 다정한 목소리, 직장에서 할 일, 소중한 만남 등 귀한 것이 얼마나 많은지 모릅니다.

우리는 오늘이라는 초원을 날마다 걷습니다.

이곳이야말로 내가 사랑해야 할 곳입니다.

Day 039

부딪침

대부분의 가치 있는 것은 부딪쳐 봐야 얻을 수 있다.

헨리 나우웬

사람은 누구나 부딪치기를 싫어합니다. 세상의 모든 부딪침은 힘들고 괴롭기 때문입니다.
하지만 부딪치지 않으면 좋은 것을 얻을 수 없습니다.
가치 있는 것 대부분은 부딪쳐야만 얻을 수 있습니다.
우리는 훗날 실패가 아니라 부딪쳐 보지 않은 것을 후회할 것입니다.
참으로 가치 있는 것은 그냥 주어지지 않습니다. 직접 경험하고 부딪쳐야 얻습니다.
편안함, 익숙함, 게으름, 거짓, 쉬움, 불안을 떠나십시오. 그리고 어려움, 의미, 모험, 감사, 정직, 새로움에 부딪치십시오. 그래야 가치 있는 것을 얻습니다.

Day 040

작은 친절

미소, 친절한 말, 사소한 보살핌, 우리는 이들의 위력을 과소평가한다. 이들은 인생의 고비를 넘게 해 줄 만한 잠재력을 갖고 있다.

레오 버스카글리아

우리가 얼마나 연약하고 부족한 존재인지 알아야 합니다. 얼마나 마음이 여리고 두려움 많은 존재인지도 알아야 합니다. 동시에 우리가 얼마나 소중한 존재인지도 알아야 합니다.

그러면 작은 미소, 다정한 한마디, 조그만 보살핌이 서로에게 얼마나 크고 소중한지 알게 될 것입니다.

힘들고 어려울 때마다 우리를 일으켜 세우는 힘은 바로 이 작은 것들입니다.

우리는 이 작은 것들의 힘으로 살아갑니다. 덕분에 인생의 고비를 하나씩 넘어갑니다.

Day 041

길잡이 원칙

훌륭한 사람들의 배경에는 그러한 삶을 살도록 도와준 길잡이 원칙들이 있었다.

조지 로리머

삶은 운으로 이루어지지 않습니다. "어쩌다 보니 성공했다."라는 것은 있을 수 없습니다.
행복은 갑자기 찾아오지 않고 승리는 아무에게나 주어지지 않습니다.
훌륭한 삶을 산 사람들은 하나같이 자기 나름의 원칙과 본질에 충실했습니다. 삶의 길잡이로 삼을 만한 원칙을 붙들고, 노력하고 인내했습니다.
내게도 그런 원칙이 있어야 합니다. 그래야만 훗날 사람들이 "훌륭한 삶을 살았다."라고 말할 것입니다. 그때 행복도 찾아와 있을 것입니다.

Day 042

사랑은 무한대

사랑은 끊임없이 배워야 하는 것이다. 그 끝은 존재하지 않는다.

캐서린 앤 포터

사랑은 끊임없는 배움으로 새로워져야 합니다.
자신에게 사랑이 있는지 없는지 알 수 있는 가장 좋은 방법은 스스로에게 '무언가를 알기 위해 노력하고 있느냐.'라고 묻는 것입니다.
"당신을 사랑합니다." 이 말에는 "나는 당신을 위해 이렇게 변하고 있습니다."라는 고백이 포함된 셈입니다.
사랑은 제자리에 머물러 있지 않습니다. 가만히 있으면 어떤 불같은 사랑이라도 금방 꺼지고 맙니다.
끝없는 배움의 길, 이것이 바로 사랑의 길입니다.

Day 043

단 한 사람

천 번의 기도보다 단 한 번의 행동으로 단 한 사람의 마음에 기쁨을 주는 것이 낫다.

마하트마 간디

나는 어떤 일을 할 때마다 그 일의 수혜자, 한 사람을 생각합니다. 글을 쓰거나 물건을 만들 때도 그렇습니다. 오직 한 사람을 위해 내 마음과 정성과 숨결을 모두 내어놓습니다.

단 한 사람, 그의 밝아지는 얼굴, 발전하는 모습을 상상하며 일합니다. 어느 한 사람을 떠올리며 일하다 보면 어느새 그 일이 다른 수많은 사람에게도 연결되고 있음을 깨닫습니다.

단 한 사람을 진정으로 대하는 것이 인류에 대한 사랑의 시작입니다.

Day 044

움트는 봄

한겨울에도 움트는 봄이 있는가 하면 밤의 장막 뒤에도 미소 짓는 새벽이 있다.

칼릴 지브란

아무리 깊고 혹독한 추위라 해도 어디에선가는 조용히 봄이 오고 있습니다. 아무리 깊고 어두운 밤이라 해도 어디에선가는 빛이 다가오고 있습니다.
봄도, 새벽도 홀연히 찾아옵니다. 그러나 누구에게나 찾아오지 않습니다. 오직 기다리는 자에게만 찾아옵니다.
아무리 사납고 질긴 고통이 닥친다 해도 마음 어딘가에서는 희망이 싹트고 있습니다. 희망을 기다리는 그 마음에 이미 희망이 자리 잡고 있으니까요.
희망은 아무리 작아도 결국에는 우리 인생을 변화시키는 놀라운 힘을 갖고 있습니다. 처음에는 작은 씨앗이지만 스스로 자라나 큰 나무가 됩니다.

Day 045

여행이란

여행이란 우리가 사는 장소를 바꾸는 것이 아니라, 우리 생각과 편견을 바꾸는 것이다.

아나톨 프랑스

여행이 좋은 것은 구경이 전부가 아니기 때문입니다.
여행을 떠나 다른 장소에 가면 누구나 마음 문이 활짝 열려 모든 것을 거침없이 받아들이기 때문입니다.
평소 완고했던 마음도 무방비 상태로 새로운 것들을 받아들입니다.
다른 자연, 언어, 문화, 풍습, 얼굴을 대하면서 다양성을 인정하고, 그들의 삶에 쉽게 고개를 끄덕입니다.
여행에서 돌아와 일상을 살더라도 문득 그때 생각을 하며 혼자 미소 짓는다면, 그동안의 고정된 생각과 편견에서 벗어났다는 증거입니다.

Day 046

다른 결정

나는 형편없는 결정을 할 때마다 뛰쳐나가 또 다른 결정을 한다.

해리 트루먼

리더는 하나의 결정이 잘못되었다고 판단하는 순간 바로 다른 결정을 떠올립니다. 그 시간이 짧을수록 훌륭한 리더입니다.

아무리 훌륭한 리더라 해도 후회를 합니다. 그러나 후회를 후회로 남겨 두지 않고 다른 결정을 내려서 그 일을 바로잡습니다.

실수를 하지 않는 것이 아니라, 얼마나 빨리 실수를 인정하고 적절한 보완책을 찾느냐에 따라 리더의 자질이 갈립니다. 여기에는 진정성과 용기가 필요합니다. 삶에 대한 자세가 바로 서 있으면 변화나 비난을 두려워하지 않습니다. 삶은 결정하는 대로가 아니라 노력하는 대로 이루어집니다.

Day 047

사소한 일

완벽은 사소함에서 온다. 하지만 완벽 그 자체는 사소한 것이 아니다.

미켈란젤로 부오나로티

완벽이란 사소한 것을 놓치지 않는 것입니다. 큰 성과나 훌륭한 그림은 작고 보조적인 부분까지 마음을 쓸 때 비로소 완성됩니다.
일상생활도 마찬가지입니다. 친절, 미소, 감사, 행복 등 소소한 것에 마음을 쓰면 나날의 삶에 부족함이 없습니다. 사소한 일 하나하나가 '행복한 인생'이라는 그림을 그리는 가장 중요한 요소이기 때문입니다.
그래서 사소한 일에 충실한 사람은 누구도 함부로 대하지 못합니다. 완벽에서 오는 여유와 품격이 있기 때문입니다.

Day 048

마음 화로

따뜻한 마음으로 사람 안에 살아라. 사람의 따뜻함이란 자신의 마음이 따뜻하지 않고서는 알 도리가 없다.

요시카와 에이지

마음은 차가울 수도 있고 따뜻할 수도 있습니다. 어두울 수도 있고 밝을 수도 있습니다.
마음이 닫히면 내 삶은 금방 어둡고 차가워집니다. 대신 마음이 열리면 내 삶은 금방 밝아지고 따뜻해집니다.
삶이 아무리 힘들어도 마음 문만은 닫지 말아야 합니다. 마음 문을 열어 두고 밝고 따뜻한 이야기를 끊임없이 맞이해야 합니다.
그러면 어느새 내 마음 화로에 불이 피어올라 삶이 밝고 따뜻해집니다. 내 마음이 따뜻해지면 그 마음이 전해져 다른 사람의 마음 화로에도 불꽃이 피어오릅니다.

Day 049

고민하는 힘

질문하는 삶을 살라.

라이너 마리아 릴케

어른이 된다는 것은 삶을 향해 스스로 질문을 던지는 것입니다.
"왜 사는가?" 삶의 본질을 묻습니다. "어떻게 살 것인가?" 삶의 지혜를 찾습니다. 스스로에게 끊임없이 질문을 던지고 고민하다 보면 언젠가 그 해답 안에 살고 있는 자신을 발견할 것입니다.
나이 들수록 질문이 없어지는 것은 많이 알아서가 아니라 삶을 포기하기 때문입니다. 타협하고, 추억만 들추면서 살기 때문입니다.
질문하고 고민하는 사람은 언제나 젊은이이고 질문이 없는 사람은 젊어도 늙은이입니다.
삶은 질문하고 고민하는 사이 익어 갑니다.

Day 050

용감하게 맞서라

선택의 여지가 없을 때는 용감하게 맞서라.

유대인 격언

선택의 여지가 없을 때는 정면으로 부딪치는 것이 가장 좋은 방법입니다. 임시방편이나 핑계, 부분적 해결은 문제를 복잡하게 할 뿐, 근본적으로 해결해 주지 못합니다.

용기란 마음의 명령을 따르는 것입니다. 어려움을 피해 가는 게 아니라 본질에 부딪쳐 문제를 깨 버리는 것입니다.

그동안 피해 가고 돌아가느라 바빴다면 이제부터는 마음의 명령을 따르십시오. 정면으로 돌파하십시오. 여기에 익숙해지면 삶이 한결 자유롭고 여유로워집니다. 있는 그대로 내어놓고 문제와 마주하면 많은 문제가 예상외로 쉽게 해결됩니다.

Day 051

또 하나의 인생

친구를 갖는다는 것은 또 하나의 인생을 갖는 것이다.

발타자르 그라시안

친구를 통해 내 삶이 다양해지고 자유로워집니다.
친구는 내가 해 보지 못한 일을 나 대신 해 줍니다. 내가 다녀 보지 못한 직장을 대신 다니고, 내가 살아 보지 못한 삶을 대신 삽니다. 나와 마음이 통하는 친구이기에 그의 경험은 바로 내 경험이 됩니다.
친구라는 존재가 늘 반갑고 고마운 이유가 바로 여기에 있습니다.
그를 통해 내 인생의 길이 하나 더 생기고, 내 삶의 기회가 한 번 더 주어지는 것입니다.
좋은 친구를 사귀면 이런 멋진 일을 만납니다.

Day 052

기본기

징이 없어서 말발굽 편자가 떨어져 나갔고, 편자가 없어서 말이 달리지 못했고, 말이 달리지 못해서 말 탄 병사가 적의 추격을 받아 전사했다.

벤저민 프랭클린

운동선수에게 가장 중요한 일은 운동화를 잘 신는 것이라고 합니다. 발에 맞는 신발을 고르고 끈을 단단히 매어야 좋은 경기를 할 수 있다는 것입니다.
좋은 시작이란 빠짐 없는 준비를 말합니다. 아무리 작은 것이라도 필요한 것을 소홀히 하지 않고 꼼꼼히 챙기는 것이 좋은 준비입니다.
무슨 일을 하기 전에, 어디로 떠나기 전에 할 일은 시작을 제대로 알고 아무리 작은 것이라도 놓치지 않는 것입니다. 작은 소홀함이 큰 낭패를 부릅니다.

Day 053

마음의 혁신

우리 세대의 가장 위대한 발견은 마음 자세를 바꿈으로써 삶을 바꿀 수 있다는 사실이다.

윌리엄 제임스

도저히 변하지 않을 것 같은 사람이 몰라보게 달라졌습니다. 그에게 어떤 일이 있었을까요?
대답은 간단합니다. 그 사람의 마음이 바뀌었기 때문입니다. 옛 마음이 나가고 새 마음이 들어갔기 때문입니다. 이것이야말로 기적입니다.
우리는 이것을 희망이라 부릅니다. 마음을 바꾸면 삶이 바뀐다는 이 희망 때문에 날마다 설렘으로 아침을 맞이합니다.
삶이 힘들고 불평스럽다면 먼저 지금과 달리 마음을 먹으십시오. 그러면 좋은 일이 줄을 잇고, 새로운 세상이 열릴 것입니다.

Day 054

기뻐할 이유

사람은 만족하기 위해서가 아니라 기뻐하기 위해 태어났다.

폴 클로델

사람은 대부분 만족하기 위해 노력합니다. 이런 만족, 저런 만족, 더 큰 만족을 향해 달려갑니다. 하지만 우리는 끝까지 만족하지 못합니다.
살아갈 이유를 소유에서 오는 만족이 아니라 존재 자체의 기쁨에서 찾는다면 사정은 달라집니다.
기쁨에는 크기가 없습니다. 삶의 여정 하나하나를 경이로움과 호기심으로 바라보면 어떤 환경에서도 기뻐할 수 있습니다. 심지어 고통 속에서도 기쁨을 찾을 수 있습니다.
소유로는 만족을 얻지 못합니다. 그러나 삶 자체에서 기쁨을 찾는다면 얼마든지 발견할 수 있습니다.

Day 055

설득의 기술

상대를 설득시키는 것은 말이 아니라 말하는 사람의 인품이다.

메난드로스

말을 할 때마다 우리는 내심 상대방이 설득당하고 있다고 믿습니다. 말이 일을 많이 하는 줄 알고 말을 잘하려고 애씁니다.
하지만 설득의 힘은 말보다 말하는 사람의 인품에 달렸습니다. 애석하게도 말은 그다지 큰 힘을 발휘하지 못합니다.
당장은 말에 설득당하는 것처럼 보일 수도 있습니다. 하지만 시간이 지나면 말의 힘은 사라지고 그 사람의 인품만 남습니다.
말로서가 아니라 삶과 인품으로 상대를 설득하십시오. 또한 말이 아니라 상대의 인격과 성품을 먼저 보십시오. 이것이 지혜입니다.

Day 056

씨앗의 가능성

사과 속에 든 씨앗은 셀 수 있지만 씨앗 속에 든 사과는 셀 수 없다.

켄 키지

눈에 보이는 것은 그대로 받아들이면 됩니다. 하지만 눈에 보이지 않는 것은 그 안에 어떤 가능성이 있는지 예측할 수 없기 때문에 성급한 평가는 금물입니다.
어린아이나 젊은이들의 인생은 앞으로 어떻게 펼쳐질지 아무도 모릅니다. 새로운 일을 시작하는 이들 역시 마찬가지입니다. 오직 기대만 할 뿐 단정 짓지는 말아야 합니다.
우리 삶은 사과 씨앗과 같습니다. 얼마나 많은 열매를 맺을지, 그 열매가 얼마나 좋은 색깔과 맛을 낼지 아무도 모릅니다.
사람의 일도 이러합니다. 우리는 서로에 대한 기대와 사랑을 끝까지 포기하지 말아야 합니다.

Day 057

마음을 주다

마음이 없다면 보아도 보이지 않고 들어도 들리지 않는다.

《채근담》

눈에 보인다고 다 보는 것이 아닙니다. 귀에 들린다고 다 듣는 것이 아닙니다.
정말 보고 들으려면 그곳에 마음이 있어야 합니다.
정말 보인다는 것은 보는 것의 의미를 안다는 뜻이고, 정말 들린다는 것은 듣는 것을 충분히 이해한다는 뜻입니다. 마음이 들어가야 그것의 의미와 본질을 알게 됩니다.
삶이란 결국 마음 씀씀이입니다. 마음을 주면 만남이 뜻깊어지고, 마음을 주지 않으면 아무리 자주 만나도 만남이 아닙니다.

Day 058

삶의 공허

어느 누구도 그대의 공허함을 채워 줄 수 없다. 그대는 자신의 공허함과 마주해야 한다. 그것을 안고 살아가면서 받아들여야 한다.

오쇼 라즈니쉬

삶에 찾아오는 고통 대부분은 그것을 정면으로 마주하면 사라집니다. 피하거나 계속 망설이면 우리의 정신은 그것을 감당하지 못합니다.
삶의 모든 공허는 죽음과 연결되어 있습니다. 누구도 그 공허를 채워 줄 수 없습니다. 오직 마주하면서 받아들여야 합니다. 그러면 공허도 쉼표가 되고 겸손이 됩니다.
공허는 끝을 보고 살아가는 인간의 본질입니다. 따라서 허전함과 외로움은 혼자서 맞이할 수밖에 없는 죽음에 대한 연습입니다.
그것도 나의 한 부분임을 인정하고 살아야 합니다. 그러면 그 공허가 우리를 참되고 지혜롭게 할 것입니다.

Day 059

나를 깨우는 책

책은 우리 내부에 있는 얼어붙은 마음을 깰 수 있는 도끼여야 한다.

프란츠 카프카

우리 마음은 추운 겨울을 맞이한 강 같아서 자주 얼어붙습니다. 아무리 따뜻한 바람을 불어넣어도 쉽게 녹지 않습니다. 주변 사람들의 화려한 말과 놀라운 소식을 들어도 마찬가지입니다.

하지만 좋은 책은 그렇지 않습니다. 그것은 꽁꽁 언 강을 깨는 도끼 같아서 한 번 내리치면 금방 쨍하고 얼어붙은 마음이 깨어지고 열립니다.

우리는 사람보다 책 앞에서 더 쉽게 마음을 여는 경향이 있습니다. 그렇기에 독서는 우리 마음을 깰 수 있는 좋은 기회입니다.

Day 060

동행의 기쁨

내 뒤에서 걷지 말라. 나는 그대를 이끌고 싶지 않다. 내 앞에서 걷지 말라. 나는 그대를 따르고 싶지 않다. 다만 내 옆에서 걸으라. 우리가 하나 될 수 있도록.

인디언 격언

동행의 기쁨이 있습니다. 옆에서 나란히 걸을 때 찾아오는 평안과 기쁨이 있습니다. 앞에서 걷거나 뒤에서 따를 때는 알 수 없는 평안이고 기쁨입니다.
만약 늘 누군가를 앞서 걷는다면 속도를 늦추십시오.
만약 늘 누군가의 뒤에서만 걷는다면 속도를 내거나 앞서 가는 이를 불러 같이 걷도록 하십시오.
설령 길이 갈릴지라도 같이 가는 동안에는 옆에서 나란히 걸으십시오. 앞선다고 그만큼 빠르지도 않고 뒤따른다고 편하지도 않습니다.
걸음걸이 하나를 통해서도 같이 걷는 법을 배워야 합니다. 이것이 사랑이고 지혜입니다.

Day 061

사랑하는 순간

인생을 되돌아봤을 때, 제대로 살았다고 생각되는 순간은 오직 사랑하는 마음으로 살았던 순간뿐이다.

헨리 드러먼드

내 인생의 하루하루가 다른 색깔로 칠해졌다면, 누군가를 진심으로 사랑했던 그 순간만 밝고 따뜻한 색깔일 것입니다. 그때야말로 제대로 살았다는 생각이 들 것입니다.
사랑 없이 살았던 때는 마치 밤처럼 어두운 색깔일 것입니다. 아무것도 보이지 않고, 어디로 가야 할지도 모르는 방황의 시절이었을 것입니다.
때로 방황하고 흔들리기도 하지만 다시 일어서게 하는 힘은 언제나 사랑입니다. 지금 이 순간, 불안하고 허전하다면 내 안에 사랑이 없기 때문이 아닌지 살펴보십시오.
사랑 안에 있을 때에만 우리는 진정으로 살고 있는 것입니다.

Day 062

온전히 젖다

비에 젖은 자는 비를 두려워하지 않는다.

네덜란드 격언

빗방울이 한두 방울 떨어질 때는 조금이라도 젖을까 봐 피하려 합니다. 하지만 온몸이 젖으면 비가 더 이상 두렵지 않습니다. 어릴 적, 젖은 채로 빗속을 즐겁게 뛰어다니며 놀던 기억이 있을 것입니다.

비에 젖으면 비를 두려워하지 않듯이 희망에 젖으면 미래가 두렵지 않습니다. 사랑에 젖으면 사랑이 두렵지 않습니다. 일에 젖으면 일이 두렵지 않고, 삶에 젖으면 삶이 두렵지 않습니다. 두렵다는 것은 나를 그곳에 다 던지지 않았다는 증거입니다.

무엇을 하든지 거기에 온몸을 던지십시오. 그러면 마음이 편해지고 삶이 자유로워집니다.

Day 063

자연스러움의 품격

자연스러운 것은 무엇이나 우아하다.

로버트 콜리어

자연은 작으나 크나, 거칠거나 약하거나 다 우아합니다. 꽃은 꽃대로, 나무는 나무대로, 산은 산대로, 바위는 바위대로 모두 자신만의 독특함과 분위기가 있습니다.
누가 바위더러 나무보다 못하다고 하겠습니까?
누가 바다보고 하늘만 못하다고 하겠습니까?
우리도 내 안의 생각을 자연스럽게 드러내면 남들이 함부로 하지 못합니다. 자연스러움에서 우러나는 품위와 우아함이 있기 때문입니다. 무언가를 자꾸 감추거나 과장하면 오히려 초라해지고 어색해집니다.
나의 품위는 나를 있는 그대로 드러내는 데 있습니다.

Day 064

기회는 지금

당신이 원하는 모습이 되기에 너무 늦은 때란 없다.

조지 엘리엇

어떤 모습으로 살아가기 원합니까? 그런 모습이 되기 위해 어떤 일을, 언제 하면 될까요? 내일 하겠습니까? 이미 기회를 놓쳤다고요?
아닙니다. 바로 '오늘' '지금' 하면 됩니다.
외부에 의존하지 말고 내면에서부터 그 일을 시작하십시오. 그리고 조금도 의심하지 마십시오. 원하는 그대로 될 것입니다. 자신 안에 있는 사랑과 열정과 단호함을 끄집어내십시오.
희망이란 막연한 미래의 어느 날에 주어지는 게 아닙니다. 하루하루를 그렇게 살아 보는 것입니다. 가슴이 뜨거워지면 삶도 익어 갑니다.

Day 065

가볍고 유쾌하게

손님을 청할 때는 명랑한 사람이 좋은데, 스스로를 농담거리로 삼을 줄 모르는 사람은 분명 최고에 들지 못하더군요.

요한 볼프강 폰 괴테

남을 농담거리로 삼으면 안 됩니다. 오히려 나를 농담거리로 삼으면 이상하게 마음이 가볍고 유쾌해집니다. 그것은 여유와 배려에서 오는 기쁨이기 때문입니다.
삶을 너무 심각하게 받아들이거나 관계를 두려워할 필요가 없습니다. 다른 이들도 나와 크게 다르지 않습니다. 다 약하고 갈등하고 허전해합니다. 웃고, 울고 싶어 합니다.
자신을 편하게 내놓으십시오. 긴장을 풀고 마음껏 웃으십시오. 그런 여유가 나를 최고로 만들 것입니다.

Day 066

나는 소중하다

자신의 소중함을 아는 사람은 사랑과 자비로 가득 차 있다.

고타마 싯다르타

우리는 소중합니다. 우리는 아름답습니다. 이 소중함과 아름다움은 내가 언제 어디에 누구와 있더라도 마찬가지입니다.
나의 소중함과 아름다움을 부정하면 다음과 같은 어려움을 겪습니다.
첫째는 존재감이 떨어집니다.
둘째는 외로워집니다.
셋째는 성장하지 못합니다.
넷째는 남에게 의존합니다.
남을 무시하거나 권위적이거나 교만하면 안 되지만 그렇다고 자신의 고귀함과 아름다움까지 버려선 안 됩니다. 당당한 사람일수록 사랑과 자비가 풍성합니다.

Day 067

마음의 자세

사람이 넘어질 수 있는 각도는 무한대이나 사람이 설 수 있는 각도는 하나뿐이다.

길버트 키스 체스터턴

나무가 쓰러지는 방향은 다양합니다. 그러나 설 수 있는 방향은 딱 하나, 하늘을 향해 서는 것뿐입니다.
후회와 실패에는 수천 가지 이유가 있습니다. 자신의 내면세계부터, 타인의 간섭, 외부 환경의 변화, 타이밍 등 헤아릴 수 없이 많은 이유가 있습니다.
하지만 성공의 요인은 분명합니다. 바로 내 마음의 준비와 자세입니다.
우리가 바로 서기 위해 필요한 것은 그리 많지 않습니다. 사랑과 성실, 원칙과 정직 등 몇 가지만 있으면 충분히 잘 살 수 있습니다.

Day 068

복의 통로

당신을 거치는 사람은 누구나 더 나아지고 행복해져서 떠나게 하라.

마더 테레사

우리에게는 고귀한 소명이 있습니다. 나를 거쳐 가는 사람들이 잘되게 하는 것입니다. 내가 그들의 삶에 좋은 통로가 되는 것입니다.
나와 함께 일하고 공부했던 사람들을 떠올려 보십시오. 처음 만났을 때보다 얼굴이 환해졌습니까? 더 큰 자신감을 얻고 행복해졌습니까? 아니면 안타까운 모습으로 괴롭게 떠났습니까?
지금 내 곁에 있는 사람을 떠올려 보십시오. 그와 헤어지는 날 "덕분에 행복했다."라는 이야기를 듣도록 하십시오.
나는 복의 통로입니다.

Day 069

최고의 날, 오늘

위대함과 평범함의 차이는 하루하루를 재창조할 수 있는 상상력과 열망을 가졌느냐에 달렸다.

톰 피터스

위대함과 평범함의 차이는 하루를 대하는 자세에 달렸습니다. 평범한 사람은 하루보다 한 달이나 일 년, 일생에 관심이 많습니다. 그래서 하루는 소홀히 보냅니다.
하지만 위대한 사람은 내게 주어지는 하루하루를 언제나 특별한 날, 최고의 날로 생각합니다.
하루를 소중히 여긴다고 해서 일에 얽매이거나 바쁘다는 뜻이 아닙니다. 감동과 감사로 하루를 맞이하고 보낸다는 뜻입니다.
신이 하루와 하루 사이에 밤이라는 어둠의 커튼을 내리는 것은 무엇보다 소중한 하루를 날마다 새롭게 시작하라는 의미입니다.

Day 070

나만의 도토리

도토리 한 알에 응축된 강력한 에너지를 생각해 보라. 땅속에 묻으면 거대한 떡갈나무로 폭발해 오른다.

조지 버나드 쇼

누구에게나 강력한 에너지가 응축된 씨앗이 하나씩 있습니다. 어딘가에 심지 않으면 그것은 작은 씨앗 한 알일 뿐이지만 심으면 그 사람만의 새로운 세계가 펼쳐집니다.
나에게는 나만의 도토리가 있습니다. 그것을 묻어야 할 곳을 찾아서 묻으면 그때부터 새로운 역사가 시작됩니다. 한 알의 도토리로서는 상상도 못하는 크고 무성한 떡갈나무의 세계가 펼쳐지는 것입니다. 그것은 마치 거대한 폭발 같습니다.

Day 071

감사는 미래 진행형

감사는 과거에 주어지는 덕행이 아니라 미래를 살찌게 하는 덕행이다.

영국 격언

우리는 대부분 과거에 있었던 일 때문에 감사합니다. 하지만 감사는 과거가 아니라 오히려 미래를 풍성하게 만듭니다.
감사는 어쩌다 찾아오는 일시적이고 개별적인 사건이 아닙니다. 또한 어떤 일을 마무리할 때 찾아오는 감동만도 아닙니다.
감사는 결과가 아니라 시작입니다. 감사하는 순간, 눈이 열려 삶 자체를 귀하고 아름다운 선물로 보게 됩니다.
감사는 과거나 현재 완료형이 아니라 미래 진행형입니다. 감사하는 순간, 감사로 가득한 새로운 미래가 열리기 때문입니다.

Day 072

선한 촛불

촛불 하나로 많은 촛불에 불을 붙여도 빛은 약해지지 않는다.

《탈무드》

한 개의 촛불이 있습니다. 그 촛불로 다른 많은 촛불에 불을 붙입니다. 그러면 처음 촛불은 다른 촛불에 묻혀 잊히거나 약해질 것 같습니다. 하지만 촛불은 특이하게도 많이 옮겨질수록 다 함께 밝아지고 더 아름다워집니다.

선한 일도 촛불과 같습니다. 참으로 선한 일은 다른 사람에게 전염됩니다. 또한 그 좋은 일을 아무리 많은 사람과 나누어도 처음의 선한 의미는 조금도 퇴색하지 않습니다. 오히려 더 빛나고 아름다워집니다.

Day 073

기쁨의 집

우리 안에 기쁨이 있을 때 하는 일도 잘되며, 사람들도 우리 곁에 머물길 원한다.

앤드류 매튜스

불평의 집에는 불평이 놀러 오고 기쁨의 집에는 기쁨이 놀러 옵니다.
내 마음에 기쁨이 있으면 얼굴이 밝아져, 그 밝은 얼굴을 보고 사람들이 내 곁에 머물고 싶어 합니다.
마음의 기쁨은 모든 좋은 일의 시작입니다.
아무리 힘들어도 마음의 기쁨을 빼앗기지 말아야 하는 이유입니다.
살다 보면 걱정되는 일도 생기고 어두운 시간을 보낼 때도 있습니다. 하지만 그 어두움을 마음에 오래 두지 마십시오. 빨리 내 마음 밭에 기쁨의 집 한 채를 지으십시오.

Day 074

세 가지 행복

사람의 행복이란 서로 그리워하는 것, 서로 마주 보는 것, 그리고 서로 자신을 주는 것이다.

카를 힐티

행복은 사람과 사람 사이에서 만들어집니다. 그래서 우리는 홀로 있을 때보다 다른 사람과 함께할 때 더 큰 기쁨과 행복을 느낍니다.
사람과 사람 사이에는 서로를 그리워하는 행복이 있습니다. 서로 마주하며 함께 살아가는 행복도 있습니다. 그리고 끊임없이 자신을 줌으로 얻는 행복도 있습니다. 이 세 가지 행복이 있다면 지금 우리는 사랑하고 있는 것입니다.
사람과 사람 사이에서 일어나는 이 세 가지 기쁨을 알 때 행복은 시작됩니다.

Day 075

위대한 선물

주어진 삶을 살아라. 삶은 멋진 선물이다. 거기에 사소한 것은 없다.

플로렌스 나이팅게일

우리의 삶은 노력해서 얻은 게 아니라 거저 받은 선물입니다. 작은 선물 하나도 좋아서 어쩔 줄 몰라 하는 우리인데, 삶이라는 선물을 받았으니 얼마나 놀라운 일입니까! 세상의 어떤 선물도 이보다 좋을 리 없습니다. 참으로 고맙고 멋진 일입니다.

선물을 받으면 당장 자랑하고 즐기고 누리듯이 우리가 받은 삶이라는 선물도 늘 감사하며 즐기고 누려야 합니다.

이 선물 꾸러미 안의 모든 것, 하루하루, 한 사람 한 사람, 재능과 환경, 웃음과 사랑, 실수와 이해……. 어느 하나도 사소하지 않습니다. 삶이란 매 순간순간이 위대한 선물입니다.

Day 076

비관과 낙관

두 사람이 창문 너머로 밖을 내다보았다. 한 사람은 진흙을 보고 다른 한 사람은 별을 바라본다.

프레데릭 랭브리지

비관주의자는 발아래의 진흙을 보지만 낙관주의자는 눈을 들어 하늘의 별을 바라봅니다.
비관주의자는 복수를 생각하지만 낙관주의자는 용서를 생각합니다.
비관주의자는 후회를 떠올리지만 낙관주의자는 희망을 찾아냅니다.
비관주의자는 환경을 원망하지만 낙관주의자는 현실에 감사합니다.
비관주의자는 마음을 숨기지만 낙관주의자는 마음을 펼칩니다.
비관주의자는 '여기까지'에 살지만 낙관주의자는 '거기까지'에 삽니다.

Day 077

믿음을 바탕으로

사랑은 믿음을 보여 주는 행위이지 교환 행위가 아니다.

파울로 코엘료

어떤 이는 '믿는다'는 말이 '사랑한다'는 말보다 울림이 크다고 했습니다.
서로에 대한 믿음이 있는 관계는 확실히 최상입니다. 사랑도 믿음을 바탕으로 시작되기 때문입니다. 믿으면 의심이 없고 의심이 없으면 사랑이 옵니다.
"인간은 사랑의 대상이지 믿음의 대상은 아니다."라고 말하는 사람도 있습니다. 대단히 멋진 말 같지만 그렇지 않습니다. 우리 안에 믿음이 들어와야 사랑이 싹트고, 사랑이 싹트면 그의 모든 것을 믿기 때문입니다.
우리는 지금 믿음보다 의심이 많은 시대를 살고 있습니다. 하지만 가족이나 친구, 연인과 함께 삶에 대한 믿음을 키워 가면 언젠가 믿음의 사회가 될 것입니다.

Day 078

깊은 속삭임

가슴속 가장 깊은 곳에서 우러나오는 생각이 가장 좋은 생각이다.

찰스 스펄전

가슴 깊은 곳에서 우러나오는 은은한 생각이 좋은 생각입니다. 가슴 깊은 곳에 있기에 쉽게 드러나거나 흔들리지 않습니다.
갑자기 떠오른 생각, 자주 흔들리는 생각, 쉽게 전해지는 생각은 좋은 생각이 아닐 수도 있습니다.
한 번 떠오르면 아무리 상황이 바뀌어도 변하지 않고, 누구에게라도 똑같이 전할 수 있으며, 시간이 지날수록 소중하고 분명해지는 생각이 좋은 생각입니다.
좋은 생각은 마음 밭에 깊게 뿌리내리고 있습니다. 그렇기에 가물어도 시들지 않고, 때가 되면 가지마다 좋은 열매를 맺습니다.
가슴 깊은 곳에서 우러나는 생각을 붙잡으십시오.

Day 079

인생 목표 점검

인생의 목표를 정하기 전에 반드시 네 가지를 점검해야 한다. 자신이 정말 잘하는 것(재능), 정말 하고 싶은 것(열정), 사회가 원하는 것(수요), 옳다는 확신이 드는 것(양심)이다.

스티븐 코비

내가 남보다 잘하는 일이 있습니다. 남들은 힘들어하는데 내가 하면 쉽고, 왠지 잘되는 일이 있습니다.
그 일을 하면 열정이 일어나고 집중하게 됩니다. 많은 사람이 그 일의 결과물을 좋아합니다. 그 일을 하는 동안 내 마음은 편하고 즐겁습니다.
바로 그 일이 나의 순결한 목표이자 내가 사는 의미입니다.
그 일을 찾았다면 여기저기 기웃거리지 말고 꼭 붙잡으십시오. 그것이 사명이고 천직입니다.

Day 080

창문을 열어

시는 사람들 사이에 걸린 창이다. 그 창이 없었다면 사람들은 어둠에 갇혀 살 것이다.

스티븐 도빈스

여기에서의 시는 칭찬도 되고 웃음도 되고 쉼도 됩니다. 노래도 되고 춤도 되고 취미도 됩니다. 이것은 합리성이나 효율이나 성과를 따지는 일이 아닙니다.
우리는 늘 뭔가에 갇혀 있습니다. 하지만 다행인 점은 저마다 창문을 몇 개씩 갖고 있다는 것입니다. 그 창문을 통해 답답함과 어두움에서 빠져나갈 수 있습니다.
마음속에 시 한 구절이 떠오른다면 나와 누군가의 사이에 있는 창문 하나를 여는 것입니다. 내 내면의 아름다움을 보여 주는 것이며, 자연에 반응하고 사람들과 공감하는 기쁨을 느낀다는 것입니다. 그 감각과 내면의 아름다움이면 충분합니다. 창을 열면 빛이 들어옵니다.

Day 081

내버려 두는 기술

일을 끝내는 기술도 중요하지만 끝내지 않고 내버려 두는 기술 역시 훌륭하다. 인생의 지혜는 불필요한 것을 없애는 데 있다.

린위탕

'한 번 시작한 일은 끝장을 보아야 한다'는 생각은 일종의 강박 관념입니다. 일을 끝내는 기술도 중요하지만 끝내지 않고 내버려 두는 것 또한 하나의 기술이기 때문입니다.
산속에 쓰러진 나무는 그대로 두면 됩니다. 그것을 치우려다 다른 나무들과 산 전체를 망가뜨릴 수 있습니다. 그대로 두면 나무는 썩어 흙이 되고 거름이 됩니다.
어떤 일은 완성이 아니라 어느 정도까지만 자기 몫인 경우도 있습니다. 완벽하게 끝내야 할 일이 있고, 어느 지점에서 중단해야 할 일도 있습니다. 전체를 보고 핵심을 알면 중단해야 할지, 끝까지 가야 할지 알 수 있습니다.

Day 082

가장 맛있는 음료수

세상에서 가장 맛있는 음료수는 비난의 소리가 입 안에 용솟음칠 때 꾹 삼키는 것이다.

아라비아 격언

누군가를 비난할 때 우리는 착각에 빠집니다. 그를 판단할 만큼 내가 지혜롭고 정의롭다고 생각하는 것입니다. 하지만 비난 뒤에 남는 것은 자신의 어리석음과 초라함뿐입니다.

비난을 자주 하면 비난이 내 마음에 집을 짓습니다. 그 안에서 주인 노릇을 하며 나를 자꾸 엉뚱한 방향으로 데려갑니다.

비난이라는 속임수에 속지 마십시오. 비난하고 싶을 때 잠시 참으면 곧 그 일을 잊어버리거나 그를 이해하게 됩니다. 그 뒤에는 자신에 대한 대견함과 기쁨이 찾아옵니다.

비난은 꿀꺽 삼키면 비로소 그 맛을 음미할 수 있는 맛있는 음료수와 같습니다.

Day 083

가치 있는 선택

가능하고 합리적으로 보이는 선택만 하면 진정으로 원하는 것에서 차츰 멀어져 결국 내키지 않는 협상만 남는다.

로버트 프리츠

위대한 사람은 힘겨운 선택의 기로에 서면, 통계나 합리성보다 자신의 내면 깊은 데서 들려오는 양심과 자유의 소리를 더 크게 듣습니다.
위대한 사람은 법이나 제도, 관습적 판단보다 윤리적, 도덕적, 인격적 판단을 더 소중히 여깁니다.
위대한 사람은 다른 수많은 사람이 "예."라고 해도 자기 내면에서 "아니오." 하면 어떤 이익이라도 포기하고 "아니오."라고 말합니다.
우리는 타협이나 협상의 결과를 찾기 위해서가 아니라 삶의 가치를 찾고 지키기 위해 노력해야 합니다.

Day 084

내가 가진 것

사랑하는 것을 가질 수 없을 때는 가진 것을 사랑하라.

루시라 부틴

좋아하는 것을 갖지 못하면 누구나 속상합니다. 자신의 처지를 불만스러워합니다. 그러다 욕심부려 잘못을 저지르기도 합니다.

그러기 전에 나와 내 주변을 자세히 돌아보십시오. 내가 갖지 못한 것보다 더 좋은 것이 얼마나 많은지 모릅니다. 너무 가까이 있어서 발견하지 못했을 뿐입니다.

내가 가진 것들을 자주 펼쳐 보십시오. 내가 배운 것, 하고 있는 일, 소중한 만남, 가족, 작은 물건까지 저마다의 이야기가 있고, 얼마나 아름다운지 모릅니다. 많이 가진 사람보다 가진 것을 사랑하는 사람이 행복합니다.

Day 085

마음의 양식

먹을거리가 많은 집에서는 저녁상을 금세 차린다.

미겔 데 세르반테스

마음의 집에 먹을거리를 많이 만들어 두십시오. 사람들이 찾아오면 넉넉하게 대접할 수 있도록 말입니다.
사랑과 감사, 친절이 가득하면 좋습니다. 평화와 기쁨이 넘치고, 희망과 진실이 있으면 더욱 좋습니다.
내 마음의 집에 좋은 생각, 좋은 이야기가 많으면 누구에게나 진수성찬을 차려 줄 수 있습니다.
오늘 누군가에게 대접할 메뉴는 무엇인가요?
내 마음에 있는 좋은 것들로 풍성한 저녁상을 차릴 수 있기를 바랍니다.

Day 086

할 수 있다

사람들이 흔히 저지르는 심각한 실수는 할 수 있는 일이 별로 없다며 아무런 행동도 하지 않는 것이다. 스스로를 믿고 용기 있게 행동하라.

시드니 스미스

'할 수 있는 일이 별로 없다'고 여기는 사람이 의외로 많습니다. 내가 할 수 있는 일은 이미 다른 사람이 하고 있는 것 같고, 세상의 모든 직업과 직장은 다 차 있는 것 같습니다.

그래서 아무 일도 하지 않고 시간을 보냅니다.

하지만 긍정적인 사람의 눈에는 해야 할 일이 가득합니다. 여기저기 비어 있고 잘못하고 있는 일이 많습니다. 모두 내 손길을 기다리고 있습니다.

이런 사람에게 세상은 어느 곳이나, 미개척지입니다.

Day 087

영향을 주는 삶

삶이란 다른 사람들의 삶에 영향을 준다는 것만 빼면 대단한 것이 아니다.

재키 로빈슨

재키 로빈슨은 흑인 최초의 메이저 리그 야구 선수입니다. 자신의 등 번호 42번이 영구 결번으로 지정될 만큼 활약했던 그가 이런 말을 했습니다.
"삶은 대단한 것이 아니다."
나도 종종 그런 생각을 합니다. 그렇다면 우리는 왜 삶에 매달릴까요? 내 삶이 다른 사람에게 영향을 주기 때문입니다. 그래서 늘 정성을 들이고 최선을 다합니다. 나의 친절이 친절을 낳고, 나의 웃음이 다른 사람을 웃게 합니다. 나의 사랑이 상대방을 사랑하게 만듭니다. 나는 독립된 존재인 동시에 연결과 관계와 영향력의 존재입니다. 우리는 관계를 통해 영향을 주고받으며 삶의 기쁨을 누리고 나눕니다.

Day 088

내면의 소리

내면의 소리에 귀를 기울일수록 밖에서 나는 소리를 더 잘 들을 수 있다.

다그 함마르셸드

깊고 세미한 음성은 마음이 맑고 조용할 때 들립니다.
마음 깊은 곳에서 솟아나는 내면의 소리가 잘 들릴수록 외부의 소리도 더 잘 들립니다. 지혜와 분별력이 생기는 것입니다.
누군가의 소리를 잘 듣고 싶다면 먼저 내 마음을 잔잔케 하고, 그곳에서 나는 소리부터 들으십시오.
바로 들리지 않는다고 포기하지 말고 조용히 기다리십시오. 그러면 들릴 것입니다.
내 마음의 소리를 먼저 들은 후에는 어떤 말을 들어도 이해가 되고, 무슨 말을 해도 상처 입지 않을 것입니다.

Day 089

주고받음

너무 가난해서 줄 것이 없는 사람은 없습니다. 너무 부유해서 아무것도 받을 게 없는 사람도 없습니다.

요한 바오로 2세

모든 사람은 주고받으면서 성장합니다. 주는 사람과 받는 사람이 나뉘어 있지 않습니다. 서로가 무언가를 주고받으면 신뢰와 사랑이 싹틉니다.
'주고받는다'고 하면 가시적이고 물질적인 것이 먼저 떠오르지만 세상에는 보이지 않는 중요한 것이 많습니다. 가난하기 때문에 줄 것이 없다고 낙담하지 마십시오. 부유하기 때문에 아무것도 필요 없다고 말하지 마십시오. 사람은 누구나 서로를 갈망하고 있습니다.
지금 받고 있다 생각하는 사람은 반드시 주는 사람이 되어야 합니다. 지금 주고 있다 생각하는 사람은 흔쾌히 받을 줄도 알아야 합니다. 이것이 삶의 기쁨입니다.

Day 090

기회라는 섬

모든 역경의 한가운데에는 기회라는 섬이 있다.

미국 격언

삶이란 결코 호락호락하지도 간단하지도 않습니다. 그래서 사람들은 인생을 고해라고 말합니다.
고해가 아닌 순풍의 바다를 건넌다고 행복이 찾아오지 않습니다. 행복은 오히려 고해를 인정할 때 시작됩니다.
인생의 항해에서 순풍만 기대하면 끝까지 고통의 항해에서 벗어나지 못할 것입니다.
모든 역경의 한가운데에는 기회라는 섬이 있습니다. 그 섬에 닿으면 그동안의 역경이 이해되고 오히려 감사에까지 이를 수 있습니다. 삶이 아름다운 것은 역풍을 순풍으로 바꾸는 우리의 마음 때문입니다.

Day 091

성공의 열쇠

일상에서 성공하는 열쇠는 현명한 사람들의 좋은 생각을 잘 이용하는 데 있다.

레프 니콜라예비치 톨스토이

성숙의 첫 단계는 타인을 내 삶 속에 받아들이는 것입니다. 다른 사람의 생각이 나보다 낫고, 그들의 삶이 나보다 아름다울 수 있다고 자신을 낮추는 순간 성숙이 시작됩니다.
특히 현명한 사람, 훌륭한 삶을 산 사람들의 글이나 말에 귀 기울일 줄 안다면 엄청난 보화를 발견한 것과 같습니다. 그들의 말과 글이 나를 건강하고 행복하게 하기 때문입니다.
마음을 열고 지혜로운 사람들의 좋은 생각을 순결한 마음으로 받아들이십시오.
그러면 삶은 새로운 차원으로 도약할 것입니다.

Day 092

한 방향 바라보기

사랑은 마주보는 게 아니라 함께 같은 방향을 보는 것이다.

생텍쥐페리

사랑을 시작할 때는 서로에게 집중합니다. 서로를 알고 싶기 때문입니다. 하지만 서로에게 오래 집중하면 결점이 보이고 지루해질 수 있습니다.
그래서 마주 보는 사랑은 오래가지 못합니다. 서로에게 계속 만족하기란 불가능하기 때문입니다.
성숙한 사랑은 마주 보는 눈길을 돌려 함께 한 방향을 봅니다. 서로를 보기보다 미래의 한곳을 향해 눈길을 줍니다.
"사랑하니까 나만 쳐다보라."라고 말하지 마십시오. 그러면 앞으로 나갈 수 없습니다.
사랑은 같이 보고 함께 걷는 것입니다.

Day 093

배움의 기쁨

당신은 훈련을 싫어하는가? 나에게 훈련은 자유롭게 날게 해 주는 질서다.

줄리 앤드루스

우리는 보통 '훈련'을 '구속'으로 받아들입니다. 이런 생각은 잘못된 교육 제도에서 출발한 것 같습니다.
훈련이나 교육은 구속이 아닙니다. 다음 시간을 위한 소중한 과정이자 아름다운 질서입니다. 이 과정을 거치지 않으면 결코 삶의 기쁨과 자유를 누리지 못합니다.
아이의 걸음마 하나도 저절로 되지 않습니다. "엄마."라는 한마디도 그냥 터지지 않습니다. 아이도 나름대로 신기해하며 배우고 익히는 것입니다.
배움을 기뻐하는 이는 당할 사람이 없습니다. 이런 사람의 미래는 밝은 정도가 아니라 축제가 됩니다.

Day 094

감사 훈련

감사하는 법을 배우는 것은 인생에서 좋은 일에 집중하는 법을 배우는 셈이다.

에이미 밴더빌트

좋은 생각이란 '긍정적인 생각(Positive Thinking)'인데, 이는 삶에 대한 감사에서 출발합니다. 그리고 감사는 기쁨을 일으켜 나를 더 좋은 일, 더 아름다운 관계, 더 행복한 시간으로 나아가게 합니다.

반대로 불평하거나 부정적인 생각을 품다 보면 결국 삶 자체에 대한 회의가 싹터 마음이 어두워집니다. 그러면 이어서 나쁜 일이 찾아오고 그 일은 다시 자신을 괴롭힙니다.

힘든 순간에도 감사할 것을 찾으십시오. 불평하고 나서도 감사를 떠올리십시오. 작은 것이라도 감사의 조건을 찾아내십시오. 그러면 어느새 좋은 일에 집중하는 자신을 발견할 것입니다.

Day 095

정직의 열매

무슨 일이든 정직하게 일하면 주변의 모든 사람에게 존경을 받는다.

칼로스 구티에레즈

존경받는 비밀은 정직에 있습니다. 사람들은 부지런함이나 능력보다 정직에 점수를 더 많이 주기 때문입니다. 정직하면 바로 존경하지만 정직하지 못하면 아무리 뛰어난 능력을 가졌다 해도 부러워할 뿐 존경하지는 않습니다.

정직은 또한 그 사람을 자유롭게 합니다. 자유롭고 싶다면 반드시 정직해야 합니다. 남 앞에 떳떳한 사람은 단순하고 담대하며 상처도 덜 입고 회복도 빠릅니다.

우리가 만드는 갈등과 어려움 대부분은 능력이 부족해서가 아니라 정직하지 못하기 때문입니다. 정직만큼 큰 지혜는 없습니다.

Day 096

나무처럼

나무처럼 살자. 저 홀로 뿌리 내리고 가지 뻗고 때 되면 잎사귀 떨구는 나무처럼. 알아볼 자 없다고 약해지거나 티 내지 않은 채 안으로 속살을 키워 내는 나무처럼.

루쉰

성숙이란 의존적인 사람에서 주도적인 사람으로 변하는 것을 말합니다. 의존에 익숙해지면 스스로 타인의 노예가 됩니다. 이런 사람은 자유와 성숙에서 오는 기쁨을 맛보지 못합니다.
나무는 홀로 뿌리 내리고 홀로 섭니다. 스스로 가지 뻗고 잎을 내고 열매를 맺고, 때가 되면 스스로 모든 것을 떨쳐 버립니다.
아무도 알아보지 않아도 자신을 알아 달라고 소리치지 않습니다. 오히려 속살을 키우며 스스로 존재감을 채워 갑니다. 성숙한 사람이란 나무처럼 살아가는 사람을 말합니다.

Day 097

선택이 나를 만든다

나의 가치는 내가 선택한 것이다. 매일매일 내가 선택하고 생각하고 행동하는 것에 따라 나의 가치가 형성된다.

헤라클레이토스

동일한 사물이나 사실을 보고도 한 사람은 기뻐하고 한 사람은 불평합니다.
똑같은 상황에서도 서로 다른 반응을 보입니다. 상황은 주어지지만 반응은 우리가 선택하기 때문입니다.
때마다 우리는 사랑과 미움, 희망과 좌절, 욕심과 양보 가운데 하나를 선택합니다. 미룸과 행함, 정직과 거짓, 감사와 불평 가운데 하나를 선택합니다.
그 끊임없는 선택 하나하나가 쌓여 내 인생이 됩니다.
멋진 일생도, 행복과 기쁨도 결국 내가 선택하는 것입니다.
나의 선택에 따라 나의 가치가 결정됩니다.

Day 098

손 안의 행복

행복은 손에 쥐고 있는 동안에는 작아 보이지만, 놓치고 나면 얼마나 크고 귀중한 것인지 안다.

막심 고리키

누구나 자신의 손 안에 있는 행복은 작게 봅니다. 늘 더 큰 행복, 더 오래 지속되는 행복을 찾습니다.
그러나 안타깝게도 더 큰 행복을 좇다 보면 지금의 행복마저 잃고 맙니다. 행복은 자신을 귀히 여기지 않는 사람에게는 머물지 않기 때문입니다. 우리는 행복이 떠난 뒤에야 그 행복이 얼마나 소중했는지 깨닫고 후회합니다.
지금 있는 행복을 크게 보십시오. 이 행복이 내 삶을 지탱하는 힘이라는 것을 잊지 마십시오. 그러다 보면 다른 행복도 찾아옵니다. 이것이 행복의 비밀입니다.

Day 099

습관의 본질

습관은 가장 좋은 하인이거나, 가장 나쁜 주인이다.

윌리엄 셰익스피어

좋은 습관은 내가 만들고 키워 갑니다. 그러나 나쁜 습관은 내가 그 습관의 조정을 받습니다.
내 마음이 주인처럼 자유롭고 그 습관 때문에 즐겁다면 그것은 좋은 습관입니다.
마음이 노예처럼 자유롭지 못하고 그 습관 때문에 괴롭다면 그것은 나쁜 습관입니다. 노예 생활이 얼마나 힘들고 고달픈지 생각해 보십시오.
습관을 나의 주인으로 만들면 안 됩니다. 내가 마음대로 부리는 하인으로 만들어야 합니다. 그래야 좋은 일에 이용할 수 있습니다.

Day 100

마음이 봄비처럼

4월의 봄비는 5월의 백 가지 꽃을 피어나게 한다.

토마스 튜셔

어떤 행동 하나가 백 가지 기쁨을 만들기도 합니다. 그것도 알맞은 때에 적절한 행동을 하면 많은 사람이 더할 수 없는 기쁨을 누릴 수 있습니다.

내 마음이 '봄비처럼 부드럽게 어떤 일을 하라'고 속삭일 때가 있습니다.

그때는 그 마음에 순종하십시오. 그러면 곧 수백 가지 꽃이 피고 가지마다 좋은 열매가 주렁주렁 맺힐 것입니다.

좋은 일은 봄비처럼 하는 것입니다.

봄비는 꽃을 피우고 가을 햇살은 곡식을 익게 합니다.

Day 101

헤아림

거위의 울음소리가 사자의 발톱보다 아픔을 줄 때가 있다.

스페인 격언

나에게는 사소한 일이 남에게는 충격적인 일이 될 수 있습니다. 내가 별 의미 없이 던진 말이 상대의 깊은 상처를 건드려 아프게 하기도 합니다.
환경과 경험, 생각이 다르기 때문에 같은 문제라도 받아들이는 각도와 강도가 다른 것입니다.
반면 나의 작은 관심과 친절이 상대에게는 큰 위로와 격려가 되기도 합니다.
'헤아림'이란 바로 이런 것입니다. 상대를 이해하고 세워 주고 편하게 해 주기 위해 여러모로 형편을 살펴보는 것입니다.
이러한 헤아림이 우리를 아름답게 합니다.

Day 102

어릴 적 추억

어린 시절의 기억은 내 인생 최대의 보물 창고다.

헤르만 헤세

어릴 적 추억을 꺼내 보면 순수하고 깨끗합니다. 아무리 짓궂은 장난을 쳐도 그 마음과 생각은 순수하고 단순했기 때문입니다.
살다 보면 어린 시절의 순수함을 잊어버리고 이리저리 휩쓸립니다. 복잡한 세상에서 욕심과 조급함으로 상처 입고 아파합니다.
그때마다 어릴 적 기억을 꺼내 복잡하고 때 묻은 마음을 씻어 내십시오. 어린 시절의 추억을 보물로 삼으면 순수와 단순과 설렘을 오래 간직할 수 있습니다. 이것이 삶을 귀하고 아름답게 하는 방법입니다.

Day 103

가슴에 남은 이야기

참으로 기억되는 것은 가슴속에 쓰인다.

스코틀랜드 격언

가슴에 쓰인 것은 잊히지 않습니다. 가슴에 남은 이야기만이 내 삶의 참된 것들이고, 그것을 끝까지 품고 사는 것이 우리가 해야 할 일입니다.

그래서 우리는 가슴에 남는 이야기를 만들어야 합니다. 가슴에 남아 우리를 지탱해 줄 이야기가 많아야 합니다. 훗날 되돌아볼 때 흐뭇해하며 혼자라도 웃을 수 있는 이야기를 지금 만들어야 합니다. 진정한 삶은 내 가슴에 쓰인 다음, 타인의 가슴에도 그대로 쓰입니다.

많은 이야기가 흘러가 버립니다. 나중에 내 가슴에 아무것도 남아 있지 않으면 삶이 얼마나 허망할까요? 진실과 사랑의 아름다운 이야기, 가슴에 남는 이야기를 오늘부터 많이 만드십시오.

Day 104

모른다는 것

우리가 곤경을 겪는 것은 몰라서가 아니라 다 안다고 생각하기 때문이다.

마크 트웨인

우리의 실패 대부분은 '나는 다 알고 있다'는 교만 때문입니다. 무엇을 안다고 믿고 웃다가 실수한 적이 얼마나 많습니까? 차라리 처음부터 모른다고 하고 이것저것 물어보십시오. 그러면 모두가 앞다투어 도울 것입니다. 사람은 '안다'는 사람에게는 냉정하고 '모른다'고 묻는 사람에게는 친절합니다.

다 안다는 믿음은 타인의 다른 생각을 막아 버립니다. 따라서 어떤 변화도 기대하지 못합니다. 당연히 일도 잘못됩니다.

세상을 모른다고 생각하면 이미 아는 것도 새롭게 보이고 타인과도 친구가 됩니다.

Day 105

즐거운 인생

험한 이 세상을 살아가려면 아주 영리하거나 아니면 아주 즐거운 사람이 되어야 한다. 나는 오랫동안 영리한 쪽을 택해 살았다. 하지만 즐겁게 살기를 추천한다.

하비 더 레빗

영리하게 사는 사람이 많습니다. 영리하게 살고 싶어하는 사람도 많습니다.
영리한 것이 나쁠 리 없지만 인생 전체로 볼 때 과연 최선인지는 생각해 볼 필요가 있습니다. 영리한 사람의 삶이 좋고 편할 것 같지만 사실은 더 고달픕니다. 언젠가 자기보다 영리한 사람을 만나기 때문입니다.
대신 즐겁게 사는 사람은 행복합니다. 즐거움에는 경쟁이나 비교가 없기 때문입니다.
오늘도 즐겁게 사십시오. 남의 영리함을 부러워하지 말고 나의 소박함을 즐거워하십시오.

Day 106

끝까지 가라

내가 발견한 것 중 가장 귀중한 것은 인내였다.

아이작 뉴턴

재능의 차이는 크지 않습니다. 그러나 인내의 차이는 절대적입니다.
재능은 하나의 기술과 같아서 누구든 집중하고 노력하면 개발됩니다. 하지만 인내는 배워서 얻기보다 마음 깊은 곳에서 흘러나옵니다.
삶의 목적이 분명하고 자신과 이웃에 대한 사랑이 싹트면 일에 대한 두려움이 사라지고 끝까지 나아갈 수 있는 힘이 생깁니다.
성공한 이들은 하나같이 오랜 시간 인내했습니다. 한 길을 끝까지 가 본 사람에게 다음 길이 열립니다.

Day 107

나를 발견하기

우리가 그림을 보는 이유는 그림 안에서 자신의 경험을 발견하기 때문이다.

알베르토 망구엘

당신이 누군가를 유심히 보고 있다면 그 사람 안에서 나를 발견하기 때문입니다. 나의 추억, 꿈, 습관, 태도, 희망을 그에게서 찾고 있는 것입니다.
우리가 책을 읽는 것도, 음악을 듣는 것도, 자연을 좋아하는 것도 그 안에 내 경험과 현재와 미래가 담겨 있기 때문입니다.
우리는 자신이 이미 경험하고 생각한 것을 만날 때 친근감을 느끼고 쉽게 받아들입니다.

Day 108

시작했기 때문에

당신이 결정하는 순간 버려져 있던 어마어마한 에너지가 움직이기 시작한다.

로버트 프리츠

인간은 자신이 가진 능력의 대부분을 사용하지 못한다고 합니다. 얼마나 안타까운 일입니까?
지금 어려운 형편에 놓인 사람도 자신의 능력을 조금만 더 개발하면 이겨 낼 수 있습니다. 신은 우리에게 살아갈 만한 능력을 충분히 주었기 때문입니다.
아무리 어려워 보여도 그 일이 적성에 잘 맞고, 하고 싶은 것이라면 시작하십시오. 그 일을 시작하는 순간 내가 이 세상의 주인공이 됩니다. 아이디어가 나오고 자신감이 생기고 남모르는 설렘도 느낄 것입니다.
사람들이 당신에게 성공의 비결을 물으면 대답하십시오. '시작했기 때문'이라고.

Day 109

양보하는 여유

평생 길을 양보해야 백 보에 지나지 않을 것이며, 평생 밭을 양보해도 한 마지기를 넘지 않을 것이다.

《소학》

양보란 전체를 주는 것이 아닙니다. 어느 작은 한 부분을 내놓는 것입니다.
그 작은 한 부분을 지키려고 너무 애쓰지 마십시오. 그것을 지키려다 더 큰 것을 놓치고, 그보다 훨씬 소중한 시간을 낭비할 수 있습니다.
작고 사소한 일에 목숨 걸지 마십시오. 작은 일은 아무리 부풀리고 시간이 지나도 역시 작은 일일 뿐입니다.
진정한 가치와 본질은 목숨 걸고 지켜야 하지만, 그 외의 것들은 웬만하면 지나치고 잊으십시오. 일생 동안 그런 것들을 양보한다 해도 그것 때문에 내 인생이 바뀌는 일은 없습니다.

Day 110

마음 의사

자신감과 희망이 약보다 이롭다. 의사는 자연의 심부름꾼에 불과하다.

클라우디오스 갈레노스

우리 몸은 마음을 졸졸 따라다닙니다. 마음 상태에 매우 민감합니다. 스트레스를 받으면 위가 쓰리고 머리가 무겁고 몸이 긴장합니다. 이 현상이 지속되면 무력감에 빠집니다.

마음이 밝으면 몸도 밝아집니다. 마음이 즐거우면 몸도 즐거워합니다. 아픔은 꼬리를 감추고 좋은 에너지가 몸을 일으킵니다.

의사는 마음이 몸에게 하는 일을 돕는 조력자입니다. 그에게 묻기 전에 먼저 마음에 물어야 합니다. 내 마음이 무엇을 아파하고 힘들어하는지부터 살펴야 합니다.

Day 111

사랑의 말

말이 입술에서 떠나기 전에 사랑에 잠시 적신다면 우리의 인간관계가 얼마나 좋아지겠는가!

안드레아 가드너

말을 한다는 것은 내 마음을 보여 주는 것입니다. 그냥 하는 말에도 내 마음과 생각이 오롯이 담겨 있습니다. 내용뿐 아니라 목소리에도 마음이 그대로 나타납니다. 목소리가 커지거나 작아지는 것도 마음 상태의 표현입니다. 그렇다면 말을 하기 전에 '사랑'이라는 내 본래 마음에 그 말을 잠시 적셔 보면 어떨까요?
참아야 할 말인지, 꼭 해야 할 말인지, 상대방에 대한 정확한 정보가 있는지, 상대를 아프게 하지 않을지, 생각해 보고 말한다면 마치 은쟁반에 담긴 옥구슬처럼 아름다운 말이 나올 것입니다.
언제나 좋은 것은 까다롭습니다. 어렵고 힘듭니다. 하지만 그 결과는 좋습니다. 빛이 나고 향기가 납니다.

Day 112

희망의 도구

책은 자신감을 갖고 세계로 접근할 수 있는 길을 열어 준다.

제임스 버크

우리는 책을 통해 세상을 살았던 사람들의 소중한 지식과 경험, 정신과 사랑을 가장 쉽고 가깝게 접합니다. 그런 의미에서 책은 새로운 세계를 향한 탐험이라 할 수 있습니다.

책을 읽으면 그곳에도 나만의 길이 있음을 깨닫습니다. 타인을 통해 나를 알고 역사와 경험을 통해 우리의 미래를 짐작할 수 있기 때문입니다.

책을 희망의 도구로 사용하십시오. 책을 펴면 희망도 펼쳐집니다. 책을 사랑의 마음으로 만나십시오. 책을 펴면 사랑도 하게 됩니다. 책을 기쁨의 도구로 사용하십시오. 책을 펴면 새로운 세계에 대한 설렘과 기쁨이 일어납니다.

Day 113

영혼의 평정

나는 늘 서두르기는 하지만 별로 허둥대지는 않는다. 나는 영혼의 평정을 유지할 수 있는 만큼만 일하기 때문이다.

존 웨슬리

영혼의 평정 없이 하는 일은 힘들고 다른 사람들에게 좋은 영향을 끼치지 못합니다. 일할 때는 마음의 평온을 유지하도록 각별히 노력해야 합니다. 원망이나 미움을 품고 일하면 과정도 힘들고 결과도 좋지 않습니다. 그럴 때는 쉬어야 합니다.

인간은 다른 사람의 영적 상태를 직감적으로 느낍니다. 그래서 일하기 전에 마음을 안정시켜야 합니다. 그래야 좋은 아이디어가 떠오르고 문제도 선명하게 드러나며 그 일의 수혜자에 대한 애정도 깊어집니다.

일은 양보다 질이 중요하며 그 질은 내 마음에 달렸습니다.

Day 114

평범한 순간이 모여

인격은 중요한 순간에 드러나지만, 인격이 형성되는 때는 지극히 평범한 순간이다.

필립스 브룩스

인격은 어느 한순간, 한때가 아니라 날마다 조금씩 형성됩니다. 어느 하루도 건너뛰지 않고, 어떤 일도 그냥 지나가지 않습니다. 일상의 평범한 순간이 모여 나의 인격과 성품이 됩니다.

그렇게 형성된 인격은 결정적인 순간에 드러납니다. 갑작스럽게 어려움을 당할 때, 중요한 결심을 할 때, 화가 날 때, 양심을 지켜야 할 때가 바로 인격이 드러나는 순간입니다.

성숙한 사람은 다른 이가 흔들리고 포기할 때도 중심을 잃지 않고 의연하게 대처합니다.

평소의 작은 내가 결정적인 순간의 큰 나를 만드는 것입니다.

Day 115

사랑은 듣는 것

사랑의 첫째 의무는 듣는 것이다.

폴 틸리히

사랑하는 사람에게 가장 먼저 해 주어야 할 일은 '듣는 것'입니다.
선물을 주고 좋은 말을 하고 여행을 가고 키스를 하는 것보다 더 좋은 일은 마음을 열고 진지하게 들어 주는 것입니다. 이 한 가지가 얼마나 중요한지 모릅니다. "듣는 사람이 말하는 사람을 움직인다."라는 말이 있을 정도니까요.
성실과 진정으로 들어 주면 상대방은 어떤 표현보다 더 많이 사랑받고 있음을 알 것입니다. 듣지 않음은 무관심이고 사랑하지 않음입니다.
아무리 힘들어도 많이 들어 주십시오. 이것이 사랑의 첫째 의무입니다.

Day 116

궤도 이탈

사람들이 자신의 궤도를 벗어나 본다면 얼마나 많은 사람이 행복해질까?

루시우스 세네카

궤도를 따라 달리는 기차를 보며 답답함을 느낀 적이 있을 것입니다.
미국의 어느 노선버스 운전기사는 노선을 벗어나 한참 달리고 나서 잘못했다고 자책하기보다 오히려 행복하다고 했답니다.
삶에 여유가 있어서가 아니라, 지금 형편에서도 얼마든지 다르게 살아 볼 수 있습니다. 취미나 종교, 학교생활, 가족 행사, 여행 등으로 새로워지십시오. 지금까지의 궤도를 벗어나 잠깐이라도 다른 길을 달려 보십시오.
삶을 아끼는 사람은 궤도를 벗어나 봅니다. 내 인생에 다양한 기회를 주고 엉뚱한 경험을 하게 합니다.

Day 117

사랑은 사라지지 않는다

사랑은 한 번 주어지면 결코 잊히거나 사라지지 않는 선물이다.

존 레논

우리는 그동안 받았던 사랑의 흔적으로 오늘을 사는 게 아닐까요? 지금 받고 있는 사랑의 손길 덕에 내일에 대한 두려움을 떨치는 게 아닐까요? 또 앞으로 받을 사랑을 기대하며 미래를 향해 달려가는 게 아닐까요?

사랑은 아무리 작고 여려도 결코 사라지지 않습니다. 내 몸속 모든 세포는 끊임없이 사랑을 갈망하고 또 그것을 오롯이 기억하기 때문입니다.

지난 삶을 되돌아보세요. 어떤 순간이 가장 뚜렷이 떠오릅니까? 사랑받은 기억, 사랑한 경험! 그것이 오늘의 우리를 지탱하고 있지 않습니까!

사랑은 완벽한 선물입니다. 무엇으로도 대체할 수 없는 최고의 선물입니다.

Day 118

무장 해제

가정은 우리 자신을 있는 그대로 보여 줄 수 있는 단 하나의 장소다.

앙드레 모루아

가정은 무장 해제를 할 수 있는 유일한 곳입니다.
허물, 부끄러움, 걱정과 아픔, 못된 습관까지 내 안의 어떤 것을 내놓아도 무안을 당하거나 상처 입지 않습니다.
가정에서는 갑옷을 벗듯이 권위를 벗어 버릴 수 있습니다. 명예와 지식도 가정에서는 무의미합니다. 가정엔 오직 쉼과 위로와 감사와 사랑이 있을 뿐입니다.
집에 들어서면 모든 짐을 내려놓으십시오.
사랑만 두고 다 벗으십시오.

Day 119

내일은 더욱

내일은 더욱 나아질 것이라는 기대만큼 강력한 영양제는 없다.

오리슨 스웨트 마든

내일을 바라보며 사는 사람과 내일을 바라보지 않고 사는 사람은 비교할 수 없을 정도로 차이가 큽니다.
내일은 더 좋아지리라. 내일은 더 나아지리라. 내일은 더 기쁘리라. 내일은 더 사랑하리라. 내일은 더 자유로우리라. 내일은 더 아름다우리라…….
이러한 기대와 희망만큼 우리를 건강하게 하는 영양제는 없습니다.
내일을 기대하는 사람은 내일의 나를 상상하며 오늘을 성실과 기쁨으로 삽니다.

Day 120

영웅의 길

영웅이란 자신이 할 일을 알고 그대로 행하는 자다.

마리오 푸조

자신이 할 일을 알고 그대로 행한다면 그는 이미 영웅입니다.
보통 사람들이 영웅이 되지 못하는 이유는 자신이 해야 할 일을 찾지 못하거나, 찾았더라도 행하지 않기 때문입니다.
영웅의 가장 큰 특징은 집중과 단순함입니다. 여기저기 기웃거리지 않고 자신이 해야 할 일을 묵묵히 행합니다.
이 땅에는 나만이 할 수 있는 일이 있습니다. 그것이 내가 이 땅에 태어난 이유입니다. 그것을 알고 행하면 내 삶의 영웅이 될 것입니다.

Day 121

내 마음의 파수꾼

마음에 울타리를 만들어 자신을 보호하지 말고, 좋은 친구들의 보호를 받아라.

체코 격언

우리는 자신을 지키고 싶어 합니다. 하지만 마음에 울타리를 아무리 높게 쳐도 나를 지킬 수 없습니다. 사람들로부터 멀리 떨어져 있어도 여전히 불안합니다. 우리는 늘 누군가를 갈망하기 때문입니다.

자신을 지키려면 다른 사람을 피하거나 마음 문을 닫을 것이 아니라 오히려 마음을 열고 친구를 만들어야 합니다. 많은 친구가 필요한 것은 아닙니다. 단 한 명이라도 좋은 친구가 있으면 그가 당신을 보호해 줄 것입니다.

오늘은 마음의 문을 열고 친구에게 다가가십시오. 좋은 친구야말로 내 마음을 지켜 주는 파수꾼입니다.

Day 122

나누는 삶

나눌 줄 알아야 높아진다네. 물을 나누어 주는 구름은 더 높고, 저 혼자 간직하는 바다는 낮은 것처럼.

인도 잠언 시

물질에 집착할 때가 있습니다. 내 소유, 내 것이라는 사실이 주는 위안과 기쁨에 머물고 싶을 때가 있습니다.
그러나 그 기쁨은 잠시입니다. 소유를 통한 기쁨은 누구에게도 오래 머물지 않습니다. 곧 그 사람을 떠나거나 아니면 그의 삶을 답답하고 외롭게 합니다.
구름이 물을 머금고 있지 않고 비나 눈으로 내려 만물을 소생시키듯, 가진 것을 나눌 때 삶은 생명력이 있고 아름다워집니다.

Day 123

자연은 우리 친구

봄에는 가벼운 발걸음으로 조심조심 걸어라. 어머니 대지가 아이를 배고 있으니까.

인디언 격언

자연은 우리에게 말합니다. 우리는 친구라고.
자연도 우리처럼 태어나고 자라고 꽃 피고 열매 맺습니다.
특히 봄에는 대지가 잉태하였다가 해산을 하듯 온 산천이 축제를 벌입니다. 우리는 그 축제를 방해하지 말아야 합니다. 조심조심 걷고 조용히 말해야 합니다. 우리는 친구니까요.
자연의 잉태와 출산, 성장의 고통, 결실의 겸손은 우리에게 삶의 지혜를 가르칩니다. 우리가 자연에게 주는 것보다 자연이 우리에게 주는 것이 훨씬 많습니다. 자연을 가까이할수록 선하고 지혜로운 사람이 됩니다.

Day 124

젊음의 비결

인간은 변화를 통해서만 새로워지고 젊어진다.

요한 볼프강 폰 괴테

외적인 변화, 강제적인 변화는 변하는 것처럼 보일 뿐, 근본적인 변화는 아닙니다. 마음에서 우러나오는 변화만이 인간을 새롭게 하고 젊게 합니다.

우리에게는 새로움에 대한 갈망이 있기에 더욱 노력하며 살아갑니다.

나이가 들어도 새로움에 대한 기대를 버리지 않으면 당신은 언제나 젊은이입니다.

젊게 살고 싶으면 다시 새로워지십시오. 어린아이처럼 순수해지고 더 많이 궁금해하십시오. 변하면 새로워지고 새로워지면 젊어집니다.

Day 125

작고 고운 마음들

좀 더 나은 세상을 만들어 놓고 떠나고 싶다.

랠프 월도 에머슨

우리 한 사람 한 사람이 고귀한 것은 그를 통해 세상이 더 나아지기 때문입니다. 자연이든 사람이든 물질이든 그 한 사람의 노력만큼 아름답고 풍요로워집니다.
모든 사람이 이런 마음으로 살면 세상은 천국이 될 것입니다. 더 밝고 따뜻한 세상, 어디서나 행복과 웃음이 넘치는 세상…….
나부터 오늘 그렇게 할 수 있습니다. 미소 하나, 친절한 한마디, 이해의 눈길 한번이 세상을 그렇게 만들기 때문입니다.
내 흔적은 한곳에 머물지 않습니다. 사람과 사람 사이, 자연과 공간 사이, 여기저기를 바람처럼 흐르며 그곳을 더 나은 곳으로 만듭니다.

Day 126

아이에게 주는 선물

아이에게 영원한 선물은 아이가 자라는 동안 부모의 귀와 마음을 열어 놓는 것이다.

바바라 존슨

아이에게 귀를 열고 마음을 모으기는 쉽지 않습니다. 어려서 아무것도 모를 테니 어른들 뜻대로 움직일 수 있다고 생각합니다.

그러나 아이의 가장 큰 바람은 부모가 자기 말을 들어주는 것입니다. 말을 받아 주고 생각을 알아주는 것입니다. 아이에게는 이것 하나가 세상을 모두 얻는 것과 같습니다.

아이가 어리다고 무시하거나 함부로 대하지 마십시오. 아이는 부모의 사랑과 관심을 먹고 자랍니다. 아이 앞에서는 늘 귀와 마음을 열어 놓으십시오. 이것이 아이에게 주는 가장 좋은 선물입니다.

Day 127

이파리 하나의 신비

나무 이파리 하나의 신비가 별들의 우주여행보다 못할 것이 없다.

월트 휘트먼

나무 이파리 하나에서도 수천수만 가지 일이 일어납니다. 물이 흐르고 광합성이 이뤄지고 산소가 만들어집니다.
우리가 하는 모든 일과 관계도 마찬가지입니다. 원리와 질서, 반응과 선택, 사랑과 진리에 의해 진행되고 이루어지는 것입니다.
우리가 하는 일은 작든 크든 그 안에 우주가 들어 있습니다. 사랑하고 집중하면 그 속에서 삶의 지혜와 원리를 하나하나 발견할 수 있습니다.
꽃 한 송이도 때를 따라 피고 낙엽 하나도 그냥 떨어지지 않습니다. 웃음 하나도 절로 나오지 않고 눈물 한 방울에도 사연이 숨어 있습니다.

Day 128

깊은 묵상

다른 사람은 감히 생각지도 못할 때, 내가 해야 할 말과 일을 슬며시 계시해 주는 건 나의 천재성이 아니라 숙려와 명상이다.

보나파르트 나폴레옹

오랜 생각과 깊은 묵상은 좋은 친구와 같습니다. 필요할 때마다 슬며시 다가와 내게 좋은 아이디어를 하나씩 제공합니다.
흔히 좋은 아이디어와 지혜는 타고난 천재성에서 나오는 줄 아는데 그렇지 않습니다.
평범한 삶이라도 멈추어서 깊이 들여다보면 좋은 아이디어가 떠오릅니다. 해야 할 말과 일이 선명하게 나타납니다. 마치 누군가가 슬며시 다가와 계시해 주는 것 같습니다.

Day 129

어머니의 웃음

세상에는 여러 가지 기쁨이 있지만 그 가운데 가장 빛나는 기쁨은 어머니의 웃음이다.

요한 페스탈로치

어머니는 웃음이 많지 않습니다. 하지만 이따금 보여 주는 미소는 강하고 아름답습니다.
어머니가 나 때문에 웃은 적이 몇 번인가 생각하면 아득합니다. 어머니를 웃게 하기보다 오히려 울게 한 적이 더 많았습니다.
어머니의 주머니를 채워 드리기 전에 먼저 웃음을 만들어 드려야 합니다.
함께하는 시간을 가지십시오. 사랑한다고 말하십시오. 이야기를 들어 주십시오. 손을 꼬옥 잡으십시오.
어머니의 웃음은 세상에서 가장 빛나는 기쁨입니다. 어머니가 웃으면 세상이 다 웃는 것입니다.

Day 130

자존감

당신의 동의 없이는 누구도 당신에게 열등감을 느끼게 할 수 없다.

엘리너 루스벨트

자존감이 높은 사람에게는 열등감이 발붙이지 못합니다. 긍정적이고 당당한 자아상을 가지면 다른 사람의 비난이나 공격에 좌지우지하지 않기 때문입니다.
나는 소중합니다. 누구도 나를 대신할 수 없습니다. 내 생각, 감각, 지혜, 사랑, 용기는 아무도 흉내 낼 수 없습니다.
자기 자신을 무시하거나 함부로 대하지 마십시오. 그 누가 나를 못났다고 해도 나는 세상에서 단 하나뿐인 사람입니다. 끝없이 희망하고 사랑하고 감격하는 소중한 존재입니다.

Day 131

한 사람의 자리

사람은 자기를 기다려 주는 사람이 한 명이라도 있으면 온전한 정신으로 살아갈 수 있다.

헨리 나우웬

하나의 사랑은 한 사람을 구합니다. 그가 누군가를 기다린다면 그는 그 사람을 살리고 있는 것입니다.
우리 마음이 우주처럼 넓은 것 같아도 정작 괴로울 땐 한 사람만 바라보게 됩니다.
삶이 허무할 때, 나 자신이 무가치해 보일 때, 감당하기 어려운 일을 만날 때는 나를 사랑하는 사람, 나를 인정하는 사람, 언제든 찾아가면 반겨 줄 한 사람이 필요합니다.
사랑은 모든 상처를 치유하고 회복시킵니다. 사랑의 줄로 이어져 있다면 두 사람은 서로 온전해집니다.
누군가에게 그 한 사람이 되십시오.

Day 132

공존의 이유

다른 사람의 세계를 인정하는 것만으로도 우리의 세계를 넓힐 수 있다.

라스카사스

나에게 나만의 세계가 있듯 다른 사람에게도 그만의 세계가 있습니다. 서로의 세계가 다른 것이야말로 인간의 가장 큰 독특함입니다. 그래서 "한 사람이 죽으면 하나의 세계가 없어진다."라고 합니다. 인생은 하나의 세계가 열리고 닫히는 것입니다.

개인의 경험에는 한계가 있습니다. 따라서 타인의 세계를 인정하는 것이 삶의 세계를 넓히는 길입니다.

다른 사람의 생각과 사랑을 인정하고, 나아가 좋아하면 어느새 내 생각과 사랑의 길도 환하게 열립니다.

다른 사람의 생각과 사랑에 귀 기울일 때 진정한 삶의 여행이 시작됩니다.

Day 133

고집인가, 사랑인가

자기 자신을 고집할 때는 신이 주는 영감을 잡는 안테나가 세워지지 않는다.

토머스 에디슨

때로는 고상하게 사용되지만 때로는 슬프게 다가오는 단어 중 하나가 '고집'입니다.
'고집'은 집착과 편견, 교만이 될 수 있습니다. 자기주장을 내세울 때 그것이 고집인지 사랑인지 짚어 보아야 합니다.
마음에 욕심이 있다면 고집이요, 욕심이 없으면 사랑입니다. 마음이 닫혀 있다면 편견이요, 열려 있으면 사랑입니다.
생각이 자유롭고 유연한 사람, 호기심이 많고 변화를 좋아하는 사람, 마음이 맑고 삶이 깨끗한 사람이 영감을 얻습니다.

Day 134

존중하는 삶

성격이 모두 나와 같아지기를 바라지 마라. 매끈한 돌이나 거친 돌이나 제각기 쓸모가 있는 법이다.

안창호

매끈한 돌은 거친 돌 사이에서 부드러움과 유연함을 보여 줍니다. 거친 돌은 매끈한 돌 사이에서 단호함과 분명함을 느끼게 합니다. 매끈한 돌은 화단에 쓰이고 거친 돌은 돌담을 쌓는 데 쓰입니다.
저마다 고유의 가치를 갖고 조화와 균형을 이룹니다.
같은 것이 없기에 모두가 소중합니다.
사람도 마찬가지입니다. 성격에 따라, 능력에 따라 쓰임새가 다릅니다. 이러한 마음으로 서로를 존중할 때 이 땅에 평화가 이루어집니다.

Day 135

생각의 열매

생각은 오래가지 못한다. 따라서 생각은 실천되어야 한다.

앨프리드 화이트헤드

생각의 수명은 짧습니다. 따라서 그 생각을 오래 잡아 두기 위해서는 그 일을 즉시 해야 합니다. 실천 외에는 생각을 잡아 둘 길이 없습니다.
좋은 생각을 하는 것은 삶을 행복하고 풍요롭게 하기 위함입니다. 짧은 글이라도 써 보고, 친절한 한마디라도 건네고, 따뜻한 웃음 하나라도 지어 보이고, 조그만 도움이라도 주고, 좀 더 솔직해지고, 진실하고 성실해지기 위해 좋은 생각을 하는 것입니다.
그러나 아무리 좋은 생각도 행하지 않으면 아무것도 아닙니다.

Day 136

저녁 종소리

길을 가다가 저녁 종소리가 들리면 자신을 사랑하는 세 사람을 생각하라.

서양 격언

가끔 이런 상상을 합니다.
초원 위를 걷습니다. 멀리서 저녁 종소리가 들립니다. 잠시 멈추어 서서 하늘을 바라보며 나를 사랑하는 사람을 떠올립니다. 어느새 입가에 미소가 떠오릅니다.
다시 걷습니다. 발걸음이 빨라집니다. 그를 향해 가기 때문입니다. 서쪽 하늘이 빨갛게 물듭니다.
상상만으로도 행복합니다.
하루에 한 번씩은 사랑하는 사람을 떠올리십시오. 초원의 길이 아니어도 좋습니다. 어디든 그를 떠올리는 곳이 바로 푸른 초원입니다.

Day 137

이해는

우리는 누군가를 온전히 이해하지 못해도 온전히 사랑할 수는 있다.

영화 〈흐르는 강물처럼〉

이해는 한계 안에 있고 사랑은 한계를 넘어섭니다.
이해는 이성에 바탕을 두고 사랑은 감성에 바탕을 둡니다.
이해는 내가 중심이고 사랑은 상대가 중심입니다.
이해는 과거의 경험을 따르고 사랑은 미래의 희망을 바라봅니다.
이해는 상대적이고 사랑은 절대적입니다.
이해는 시간 안에 있고 사랑은 시간 밖에 있습니다.
이해는 부분과 부분이 만나고 사랑은 전부와 전부가 만납니다.

Day 138

고통의 의미

고통은 그 의미를 찾는 순간 고통이기를 멈춘다.

빅터 프랭클

이유를 알 수 없는 고통만큼 괴로운 것은 없습니다. '왜 내게 이런 고통이 닥쳤을까?' 하고 끊임없이 묻는데도 돌아오는 대답이 없으면 우리는 절망합니다.
하지만 고통 안에 있는 의미를 발견하는 순간, 고통은 견딜 만해집니다. 고통을 통해 성장할 것이며, 이 고통이 지나가면 내 다음 이야기는 지금보다 좋아질 것이라는 확신이 생길 때 우리는 고통에서 해방됩니다.
고통을 벗어나려면 상황이 종료되어야 한다고 생각하지만 그렇지 않습니다. 고통의 의미를 찾을 때 괴로움이 끝납니다. 고통이 이해되면 더는 고통이 아닙니다.

Day 139

시들지 않도록

여러 해가 지났어요. 그녀의 사랑이 시들지 않게 해 주세요.

윌리엄 워즈워스

시간이 지나면서 시들어 가는 것만큼 안타까운 일은 없습니다. 특히 사랑이 식어 갈 때 그 허전함과 아픔은 말로 다할 수 없습니다. 그래서 "시간 안에 있는 것은 다 애틋하다."라고 하나 봅니다.

우리는 우리의 사랑이 시들지 않게 할 의무가 있습니다. 사랑을 유지하는 노력, 사랑을 새롭게 하고 열매 맺으려는 노력을 일상생활에서 해야 합니다. 시들도록, 잊히도록 내버려 두면 훗날 우리의 이야기는 아무것도 남지 않을 것입니다.

"여러 해가 지나도 내 사랑은 시들지 않았습니다. 지금도 내 사랑은 피어나고 있습니다."라고 말할 수 있어야 합니다. 이것이 사랑입니다.

Day 140

모르는 사이에

삶에서 정말로 중요한 일은 우리가 모르는 사이에 일어난다.

C. S. 루이스

키가 자라는 일, 말을 배우는 일, 생각이 깊어지는 일, 마음이 넓어지는 일, 삶이 자유로워지는 일……. 이런 일은 우리가 모르는 사이에 일어납니다. 오랜 시간이 자연스럽게 만드는 일일수록 우리에게 중요하고 가치 있습니다.

뚜렷한 변화가 빨리 일어나지 않는다고 낙심할 필요는 없습니다. 변화가 눈에 보일 정도로 빠르다면 가치가 없거나 삶에 도움이 안 되는 일일 수도 있습니다. 내 마음이 정말로 중요한 무언가를 향해 가고 있다면 느리더라도 언젠가 그곳에 닿을 것입니다.

Day 141

꾸준히 한 방향으로

한 번뿐인 것은 전혀 없는 것이나 마찬가지다.

독일 속담

한 번의 실수, 한 번의 승리는 누구에게나 가능합니다. 한 편의 글을 쓰거나 한 번 친절하기는 누구나 할 수 있습니다. 하지만 여러 번 계속하는 일은 그의 성품이나 인격이 아니고는 할 수 없습니다.
어떤 사람은 한 번의 성공을 일생의 성공으로 압니다. 우리는 그것을 '우연'이라 부르지 '당연'이라고 말하지 않습니다. 우리가 어떤 사람을 생각할 때 그의 용기, 신뢰, 정직, 웃음, 친절이 함께 떠오른다면 그에게 이런 것들이 충분히 갖추어졌기 때문입니다.
일생을 한 방향으로 꾸준히 나아갔다면 그는 분명 아름다운 사람입니다.

Day 142

닫힌 문

열린 문도 기회지만 닫힌 문도 기회다.

장 칼뱅

열린 문은 어딘가로 들어갈 수 있는 기회지만 닫힌 문은 열 수 있는 기회이자 돌아갈 수 있는 기회이기도 합니다.
인생길의 모든 문이 열려 있기만을 기대하면 안 됩니다. 닫힌 문 앞에서 떨며 괴로워하고, 오랜 시간 기다리고, 절망하며 돌아서기도 해야 합니다. 그런 경험이 오히려 더 깊은 깨달음을 주고 새로운 길을 열어 주기 때문입니다.
차라리 모든 기회를 '기적'으로 보면 어떨까요. 삶의 요소 하나하나를 기적으로 보면 우리 삶은 훨씬 넉넉하고 즐겁고 아름다울 것입니다. 그러면 우리는 매일 기적의 삶을 살 것입니다.

Day 143

목적 있는 삶

나는 목적이 있는 사람을 자유인이라 부른다.

르네 데카르트

삶의 목적이 있는 사람은 자유인입니다.
목적이 분명한 사람은 단순합니다. 목적이 있는 사람은 모든 에너지를 한곳에 집중합니다.
목적이 있는 사람은 흔들리지 않고, 목적이 있는 사람은 두려움이 없습니다.
목적이 있는 사람은 포기하지 않고, 목적이 있는 사람은 비교하지 않습니다.
목적이 있는 사람은 후회하지 않고, 목적이 있는 사람은 서두르지 않습니다.
그래서 목적이 있는 사람은 자유인입니다.

Day 144

내면화

사물의 내면으로 파고들어 그 사물의 입으로 그 사물을 노래해야 한다.

라이너 마리아 릴케

내가 꽃이 되어 그 안으로 들어가 노래하면 내 노래는 꽃의 노래가 됩니다.
내가 강이 되어 흐르면서 노래하면 내 노래는 강의 노래가 됩니다.
내가 별이 되어 반짝이면서 노래하면 내 노래는 별의 노래가 됩니다.
글을 쓴다는 것은 내가 그 사물이 되어 그것의 입으로 노래 부르는 것입니다. 그러면 그 안의 참기쁨, 참고통, 참희망을 알 수 있습니다.
사람도 마찬가지입니다. 그 사람 안으로 들어가 그 사람 입으로 노래하면 사랑이 됩니다.

Day 145

평안의 출발

자기 마음에서 평안을 찾지 못하면 밖에서 아무리 찾은들 헛수고일 뿐이다.

라로슈푸코

평안은 내면에 있습니다. 바깥의 환경이나 여건이 평안을 만들어 주지 않습니다. 어떤 소유도 명예도 관계도 내 마음에 참기쁨과 평안을 만들어 주지 못합니다.
그런데도 우리는 환경에서 평안을 찾으려고 합니다. 외부의 것이 우리를 행복하게 해 주리라 믿기 때문입니다. 하지만 헛수고일 뿐입니다.
세상 어디를 가도 조용한 곳은 없습니다.
내 마음을 잔잔하게 하면 온 세상이 조용해집니다.

Day 146

아름다움

아름다움은 우리 영혼에 직접 찾아와 가장 선한, 가장 고귀한, 가장 즐거운 감정을 일으킨다.

존 F. 케네디

'아름다움'이란 어떤 상태를 말할까요? 내면의 아름다움이란 어떤 모습을 말할까요?
'아름다움'이란 단어를 쓸 때마다 가장 선한, 가장 고귀한, 가장 즐거운 감정이 떠오릅니다.
그것은 나에게 직접 찾아옵니다. 다른 사람이 아무리 전해 줘도 내가 직접 보고 느낀 것이 아니면 아름답지 않습니다. 단순과 복잡, 소박함과 화려함을 떠나 더할 것도, 뺄 것도 없는 최선의 상태입니다. 여기에는 순수한 권위와 품위가 있습니다.
그리고 그것은 즐거움을 줍니다. 기쁨과 행복을 줍니다. 그래서 아름다움을 떠올리면 바로 마음이 밝아지고 생각이 맑아집니다.

Day 147

마음속에 혀를 두라

어리석은 자는 자기 마음을 혓바닥 위에 두고, 현명한 자는 자기의 혀를 마음속에 둔다.

윌리엄 셰익스피어

말이 적으면 삶이 한결 편해집니다. 말을 적게 하기 위해서는 상대방을 믿어야 합니다. 세세한 설명 없이도 잘 알아들으리라 믿으면 말을 많이 하지 않게 됩니다.
또한 늘 상대방의 입장을 생각해 보아야 합니다. 그러면 말은 적어지고 관계는 원만해집니다.
상대에 대한 신뢰가 부족하거나 나 자신의 거짓을 감출 때 말이 많아집니다.
마음이 혓바닥 위에 있다면 얼마나 가볍겠습니까?
혀가 마음속에 있다면 그 말이 얼마나 깊고 무겁겠습니까?

Day 148

가슴 창고

세상에서 가장 아름답고 소중한 것은 보이거나 만져지지 않는다. 단지 가슴으로 느낄 뿐이다.

헬렌 켈러

사랑은 보이지 않습니다. 기쁨은 만져지지 않습니다. 자유와 용서도 마찬가지입니다.
참으로 좋은 것은 눈으로 보거나 손으로 만져서 얻는 것이 아닙니다.
그것은 가슴에 속해 있기 때문입니다. 눈의 기쁨, 감촉의 즐거움은 잠시뿐입니다. 하지만 가슴에 찾아든 평화와 기쁨은 사라지지 않습니다.
가슴에 큰 창고를 지어 좋은 이야기, 아름다운 이야기를 많이 채우는 사람이 현명한 사람입니다.

Day 149

내가 잘하는 한 가지

어설프게 행동하는 것, 주저하는 것, 무엇을 할지 모르는 것보다 나쁜 것은 없다. 한 가지 목표를 따르겠다고 결심하라. 모든 에너지를 그 일에 쏟아부어라.

로알 아문센

애매함, 적당함, 막연함, 망설임, 어설픔, 게으름, 희미함…… 이런 것들은 시간만 끌 뿐 아무 일도 하지 못합니다.

이런 상태에 있으면서 무언가 좋은 일이 일어나기를 기대한다면 그것은 요행을 바라는 것입니다.

삶이 아름답기 위해서는 내 마음과 생각, 말과 행동이 하나의 초점에 맞춰져야 합니다. 그래야 일이 되고 기쁨이 생깁니다.

내가 세상일을 모두 할 수 없습니다. 내가 할 수 있는 일은 내가 잘하는 한 가지뿐입니다. 그것으로 충분합니다.

Day 150

길을 만나다

여행을 떠나는 것만으로도 깨달음의 반은 성취한 것이다.

밀라레파

여행을 떠나면 새로움을 만나고, 새로움은 깨달음을 동반합니다.
우리가 여행을 떠나지 못하는 것은 새로움과 깨달음에 대한 갈망이 없기 때문입니다.
우리는 길에서 길을 만납니다. 길을 통해 길을 알고 길의 기쁨을 누립니다.
종교도, 철학도, 지혜도, 현실도 길을 걸으면서 만나고, 길을 통해 인생을 깨닫습니다.
어딘가로 떠나는 사람은 이미 깨달은 사람입니다. 길은 단지 그것을 확인해 줄 뿐입니다.

Day 151

접속

우리는 타인에게 뿌리내리지 못할 때만 죽음에 이른다.

레프 니콜라예비치 톨스토이

사는 동안 내 삶이 누군가에게 뿌리를 내리고 있다면 나는 생명을 맛볼 수 있습니다. 그 뿌리가 새잎을 내고 꽃을 피우고 열매를 낼 것이기 때문입니다.
우리는 물에 떠 있는 부초처럼 살 수 없는 존재입니다. 무엇인가에, 누군가에 뿌리를 내려야 합니다.
소유의 많고 적음, 명예의 높고 낮음, 권력의 있고 없음에는 깊게 뿌리내릴 수 없습니다. 이것은 잠시 피었다 지는 꽃과 같습니다.
우리는 사람에게 뿌리내려야 합니다.
서로의 가슴에, 삶에 뿌리내리면 함께 호흡하며 살아갈 수 있습니다.

Day 152

사랑과 고통

사람은 사랑과 고통에 의해서만 변화한다.

프랜시스 베이컨

우리의 자아는 의외로 단단합니다. 이기심과 자기중심적 사고는 뿌리가 깊어 쉽게 변하지 않습니다. 하지만 그 완고한 것들도 이 두 가지 앞에서는 힘을 못 씁니다. 바로 사랑과 고통입니다.

사랑과 고통 앞에서는 다 부서지고 허물어집니다.

깊고 질긴 사랑은 누구라도 변화시킵니다. 어떤 악인도 죄인도 새롭게 합니다.

고통도 우리를 변화시킵니다. 고통에서 벗어나기 위해 안간힘 쓰다 보면 자신의 어리석음과 부끄러움, 소중한 것을 깨닫기 때문입니다.

우리는 이 두 과정을 통해 다시 태어날 수 있습니다.

Day 153

희망 원동력

꿈을 밀고 나가는 힘은 이성이 아니라 희망이며 두뇌가 아니라 심장이다.

표도르 도스토옙스키

재능과 이성에는 한계가 있습니다. 강력한 희망과 열정이 없으면 아무리 뛰어난 재능도 지식도 결국 시들고 맙니다.

어떤 일을 향해 나아가는 힘은 언제나 마음에서 우러나오는 진정한 희망에서 시작됩니다.

재능도 필요합니다. 이성도 필요합니다. 하지만 그것을 내 삶의 목적에 사용하려면 다른 원동력이 필요합니다. 바로 희망입니다.

희망이 있으면 심장이 열정을 뿜어 올립니다. 이런 희망과 열정으로 일하면 온 우주가 돕겠다고 나섭니다.

Day 154

만남의 기적

세상을 보는 데는 두 가지 방법이 있다. 모든 만남을 우연으로 보는 것과 모든 만남을 기적으로 보는 것이다.

알베르트 아인슈타인

주어진 사실은 변하지 않아도 그에 대한 반응은 얼마든지 다를 수 있습니다. 내가 선택할 수 있기 때문입니다. 그 반응에 따라 나중에는 사실의 의미마저 바뀔 수 있습니다.

만남을 우연으로 보는 사람에게는 아무 일도 일어나지 않습니다. 이런 우연은 앞으로도 계속 있다고 생각하기 때문입니다.

하지만 만남 하나하나를 기적으로 보는 사람은 다릅니다. 모든 만남이 유일하기에 그 만남에서 하나의 의미와 가치를 찾으려고 합니다. 그러면 만남의 대상을 사랑하지 않을 수 없습니다. 이것이 만남의 기적입니다.

Day 155

한 송이의 들꽃에서

한 알의 모래에서 하나의 세계를 보고, 한 송이 들꽃에서 천국을 본다.

윌리엄 블레이크

한 알의 모래에도 하나의 세계가 있습니다. 산 위의 바위가 영겁의 세월을 지나 바닷가의 모래 한 알이 되기까지 얼마나 많은 인내와 고통을 겪었겠습니까.
우리는 한 송이의 들꽃에서 천국을 봅니다. 평화와 아름다움, 순수함, 당당함, 조화 등 헤아릴 수 없는 지혜와 질서가 그 안에 들어 있습니다.
우리가 마음을 열면 한 알의 모래든 한 송이 꽃이든 한 줄의 글이든 그 안에서 삶의 지혜와 원리를 찾아낼 수 있습니다.
세상의 모든 것 하나하나가 고유한 의미와 원리를 갖고 있습니다. 마음을 열고 생각을 모으면 그것이 보입니다. 특히 자연은 완벽합니다.

Day 156

생각 우물

생각은 우물을 파는 것과 같다. 처음에는 흐리지만 차차 맑아진다.

중국 격언

아무리 대단한 명상가라 해도 처음부터 생각이 맑고 깨끗한 것은 아닙니다. 복잡한 일상과 이기심이 우리의 생각을 쉽게 놓아주지 않기 때문입니다.

하지만 욕심을 버리고 마음을 비우면 생각이 차츰 정리되고 단순해집니다. 그러면서 어느새 맑아집니다. 이는 우물을 파는 것과 같습니다. 처음에는 흙탕물이 나오지만 깊이 팔수록 맑고 깨끗한 물이 솟아납니다.

생각도 깊이 내려갈수록 더 맑고 깨끗해집니다. 깊이 생각하면 삶도 정리됩니다.

마음이 맑아지면 삶이 밝아집니다.

Day 157

내가 쏜 화살

화살이 과녁을 찾아가는 게 아니라 활 쏘는 이가 화살을 과녁으로 보내는 것이다.

이성계

화살을 쏘고 나면 마치 화살이 과녁을 향해 저절로 날아가는 것 같습니다. 하지만 그 화살은 내가 쏜 대로 날아갈 뿐입니다. 화살이 과녁을 빗나간 것은 화살이 잘못 날아간 게 아니라 내가 잘못 쏘았기 때문입니다.
모든 일이 마찬가지입니다. 내가 어떻게 하느냐가 시작도 과정도 결과도 결정합니다.
때문에 일을 생각하는 순간부터 일어나는 모든 일은 내가 책임져야 합니다.
나와 관계된 모든 일은 내가 쏘아 보낸 마음과 생각 그대로 나타납니다.

Day 158

시간의 선물

어려운 일을 당하면 단번에 깨뜨리려 하지 말고 충분한 시간을 두고 부드럽게 굴복시켜라.

프란시스 퀴스

우리에게는 아주 약한 것이 한 가지 있습니다. 시간에 대한 이해입니다. 시간이 우리에게 어떤 영향을 끼치는지 잘 모르는 것입니다.
우리는 시간보다 감정을 소중히 여깁니다. 나쁜 감정을 정리하고 빨리 다른 좋은 감정을 느끼고 싶어서 오래 기다리지 않습니다.
어려운 일을 당하면 먼저 시간의 힘을 기억해야 합니다. 빨리 해결하려고 하면 무리하거나 잘못 판단할 수 있습니다. 하지만 시간이 필요하다는 것을 인정하고 노력하면 대부분 부드럽고 자연스럽게 해결됩니다. 이것은 시간이 우리에게 주는 선물입니다.

Day 159

낮은 소리조차

사랑하고 있는 사람의 귀는 아무리 낮은 소리도 다 알아듣는다.

윌리엄 셰익스피어

사랑하고 있는 사람은 민감하고 섬세합니다.
나뭇잎 하나 흔들리는 것도, 구름 한 줌 떠가는 것도, 작은 새가 우는 소리도 그냥 지나치지 않습니다. 모두 사랑의 시이자 멜로디고 몸짓입니다.
사랑할 때는 시간도 시 단위에서 분, 초 단위로 바뀌고, 천리 밖 눈빛도 한눈에 볼 수 있습니다.
우리가 연인을 사랑할 때처럼 삶을 사랑하면 하루하루가 얼마나 기쁠까요?
사람들의 작은 목소리도 또렷이 들리고, 꽃 한 송이의 몸짓도 아름답게 보이며, 모든 만남이 새롭고 행복할 것입니다.

Day 160

놓는 지혜

지혜란 무엇을 간과해야 하는지를 아는 기술이다.

윌리엄 제임스

우리는 모든 일을 할 수 없습니다. 다 알지 못하기 때문입니다.
그러므로 내 곁에 나타난 대부분의 일을 악착같이 잡지 말고 지나가게 두어야 합니다.
무엇을 간과해야 할지 알면 자연스럽게 무엇을 해야 할지 떠오릅니다.
문제는 잡기보다 놓기가 더 어렵다는 것입니다.
따라서 놓는 것이 지혜입니다. 많은 일을 해내는 게 능력이 아니라 적은 일을 알차고 가치 있게, 원만하고 아름답게 해 내는 것이 능력이고 기술입니다.

Day 161

서두를 것들

인생은 짧아서 동반자들을 기쁘게 해 줄 시간이 충분하지 못하니 신속히 사랑하고 서둘러 친절하라.

드니 아미엘

내 사랑이 늦어지면 그동안 내 주변 사람들은 고통 속에 있어야 합니다. 사랑이 없으면 고통이 그 자리를 차지하기 때문입니다.
사랑할 때를 놓치면 그 사랑을 받아야 할 사람은 다른 사랑을 찾아서 떠납니다. 사랑도 강물처럼 흘러가기 때문입니다.
사랑과 기쁨은 우연히 주어지는 것이 아닙니다. 선명한 의지이자 가장 귀한 노력입니다.
빨리 다가가 손을 내미십시오. 그가 떠나기 전에, 내 마음이 식기 전에.

Day 162

인생의 방향

어느 곳을 향해 배를 저어야 할지 모르는 사람에게는 어떤 바람도 순풍이 아니다.

미셸 몽테뉴

순풍이란 배가 가고자 하는 방향으로 불어 항해를 돕는 바람입니다. 하지만 방향이 정해지지 않으면 아무리 좋은 바람이 불어도 의미가 없습니다.

우리는 늘 순풍을 기다립니다. 하지만 그 전에 인생의 방향과 비전부터 정해야 합니다. 내가 가야 할 곳은 어디인지, 그곳에 가면 무엇을 만날지, 그것의 진정한 가치는 무엇인지…….

목적지가 정확하면 어떤 바람도 순풍으로 이용할 수 있습니다. 때로는 폭풍이 불지만 유능한 선장은 그마저도 목적지에 이르게 하는 순풍으로 이용합니다.

Day 163

행복의 향수

남을 행복하게 하는 것은 향수를 뿌리는 것과 같다. 뿌릴 때 자신에게도 몇 방울은 튄다.

유대인 격언

내가 행복하기 위해서는 남이 행복해야 합니다.
남과 상관없는 나만의 행복이란 존재하지 않습니다.
행복은 소유가 아니라 관계에서 찾아옵니다. 남을 행복하게 하면 내가 행복하고, 내가 행복하면 남도 행복합니다. 자식이 행복하면 부모가 행복하고, 아내가 행복하면 남편이 행복합니다. 이웃이 행복하면 우리 집도 행복하고, 고객이 행복하면 회사가 행복합니다.
다른 사람을 행복하게 하십시오. 그러면 나도 행복의 향기에 젖을 것입니다.

Day 164

희망만이

희망은 두려움의 유일한 해독제다.

랜스 암스트롱

미국 사이클 선수 랜스 암스트롱은 생존 확률이 3%인 고환암을 극복하고 '투르 드 프랑스' 사이클 대회에서 우승했습니다. 그가 한 말입니다.
죽음에 대한 두려움이 엄습할 때 붙들 수 있는 것은 오직 희망입니다. 희망만이 두려움을 없애 줍니다. 두려움을 넘어 새로운 세계까지 보게 합니다.
병실에 새로운 환자가 들어서면 전부터 있던 환자들은 그의 앞날을 짐작한다고 합니다. 들어서는 환자의 눈빛을 보면 안다는 것입니다. 희망의 눈빛을 지닌 환자는 회복되어 나가지만, 포기와 좌절의 눈빛을 한 환자는 회복되기 힘들다고 합니다.
희망이 커지면 몸도 강해집니다.

Day 165

변화를 즐겨라

성을 쌓는 자는 망할 것이며, 끊임없이 이동하는 자는 살아남을 것이다.

톤유쿠크 비문

변화가 두려워 자기 성을 쌓고 문을 굳게 닫고 있는 사람에게 미래는 없습니다.
늘 마음 문을 열어 두고 변화를 즐겨야 합니다. 살아 있는 것은 끊임없이 움직이고 바뀝니다. 자라지 않는 나무는 죽은 나무이고, 움직이지 않는 동물은 죽은 동물입니다.
어느 땐 자신의 성에 안주하고 싶습니다. 변화와 이동이 주는 고통이 싫기 때문입니다. 그래도 떠나야 하고 늘 새로운 세계를 갈망해야 합니다. 이것이 생명력 있는 삶입니다.

Day 166

좋은 아이디어

제때를 만난 아이디어만큼 강력한 것은 없다.

빅토르 위고

시대를 깊이 이해하는 사람, 사람들의 마음과 생각을 정확하게 보는 사람에게서 좋은 아이디어가 나옵니다. 아이디어는 동시대 사람들의 필요와 그것을 어떻게 채울지 고민하는 사람의 것입니다.
결국 모든 아이디어는 인간에 대한 이해와 사랑에서 출발합니다.
제때를 만난 아이디어는 사람들을 행복하게 합니다.
아이디어를 얻기 위해 고심할 때마다 내 마음 깊은 곳에 들어가 사람들을 사랑하고 아끼고 위하는 마음을 퍼 올려야 합니다. 그러면 좋은 아이디어가 샘물처럼 솟아날 것입니다.

Day 167

아름다운 기다림

인간의 모든 지혜는 기다림과 희망으로 요약된다.

알렉상드르 뒤마

기다림은 참으로 아름다운 일입니다. 자신에 대한 기다림이든, 타인에 대한 기다림이든 세상의 모든 기다림에는 사랑이 담겨 있기 때문입니다. 기다릴 줄 아는 사람은 지혜의 끝에 가 있다고 말할 수 있습니다.

무언가를 향해 가면서 그것을 그려 보고 좋아하는 것이 희망입니다.

희망이 있는 사람은 기다릴 줄 압니다. 언젠가 그것을 만나고 즐거워할 것이기에 오랜 기다림도 지루하지 않습니다.

누군가를, 무언가를 만날 희망을 품고 노력하고 있습니까? 그렇다면 지혜로운 사람입니다.

Day 168

역지사지

내게 성공의 비결이 있다면 다른 사람의 입장을 이해하고 다른 시각으로 사물을 보기 위해 노력한 것이다.

헨리 포드

자신이 세상의 한 부분임을 알 때, 우리는 비로소 성숙해집니다. 성숙함이란 다른 사람도 소중하고 그에게 나보다 나은 점이 있다고 믿는 것입니다.
듣는 사람 입장에서 말하고, 아랫사람 입장에서 일을 지시하고, 기다리는 사람 입장에서 다가가십시오. 내 시야에 얽매이지 말고 다른 사람의 시각으로 보십시오. 그러면 보다 성숙한 사람이 될 것입니다.

Day 169

함께하고 싶은 사람

모든 영향력의 본질은 상대방을 참여시키는 데 있다.

해리 오버스트리트

어떤 일에 상대방을 참여시키는 비결은 힘이나 기술이 아닙니다. 본질적으로 타인의 삶을 어떻게 바라보느냐에 참여의 비밀이 숨어 있습니다.
내가 먼저 타인을 존중하고 사랑하면 그들이 나와 함께하고 싶어 합니다. 그리고 그때 비로소 진정한 힘이 생깁니다.
사람은 누구나 타인을 그리워하며 무언가를 함께하고 싶어 합니다. 이 근본적인 외로움은 사람으로만 채워집니다.
다른 이들의 삶을 귀하게 생각하십시오. 그러면 누구나 찾아와 함께하고자 할 것입니다. 이것이 좋은 영향력입니다.

Day 170

비전 스케치

나는 언제나 근사한 누군가가 되기를 바랐다. 문제는 그 바람이 좀 더 구체적이어야 했다는 점이다.

릴리 톰린

누구나 근사한 자신을 꿈꾸며 살아갑니다. 그러나 그것을 이루기 위해 구체적으로 계획하고 행하는 사람은 많지 않습니다. 막연한 바람, 허술한 준비는 우리를 지치게 하고 포기하게 만듭니다.

나의 강점과 약점, 성품과 습관 등을 바탕으로 날마다 자신을 가꿀 때 비전은 이루어집니다. 모든 일은 한순간이 아니라 날마다 조금씩 구체적으로 완성되는 것입니다.

가다가 힘들 때도 있습니다. 그러나 사랑과 지혜로 꾸준히 나아가십시오. 그 걸음 끝에 내가 바라는 근사한 내가 서 있을 것입니다.

Day 171

하늘에서 내려온 선물

긍정적인 사고, 자극, 아이디어, 제안, 기회, 꿈은 하늘에서 내려온 천사 또는 선물이다.

로버트 슐러

좋은 생각, 아이디어, 기회, 꿈은 우연히 주어지는 것이 아닙니다. 그것은 신이 우리에게 주는 하나의 선물입니다.
이렇게 생각하면 삶이 더 깊게 느껴집니다. 동시에 자유롭고 두려움이 없는 긍정적인 삶을 살게 됩니다.
기회를 내 노력의 대가나 우연으로만 생각하면 살기 힘들고 허무해집니다.
기회에 대한 참노력은 그것을 선물로 생각할 때 더 강하게 일어납니다. 귀한 선물을 받아 감사한데 어떻게 노력하지 않을 수 있겠습니까?

Day 172

질문하는 삶

정말 의미 있는 질문은 자신에게 하는 질문이다.

어슐러 르 귄

삶을 제대로 한 번 살아 보겠노라 마음먹으면 여러 가지 질문을 스스로에게 던지게 됩니다.
'나는 누구인가? 사랑은 어떤 것인가? 참된 성공은 무엇인가? 내 몸은 어떠한가? 미래는 어떻게 펼쳐질까?'
끊임없이 의심하며 스스로 답을 찾아갑니다. 이러한 질문에 대한 대답은 궁극적으로 자신이 해야 한다는 것도 알게 됩니다. 스스로 깨닫고 이해해야 자신의 것이 되기 때문입니다.
질문하는 인생은 계속 성장하고 성숙합니다.
질문의 삶을 살지, 이미 결정된 삶을 살지는 자신의 선택에 달렸습니다.
질문하는 삶은 모험과 성숙의 삶입니다.

Day 173

화의 불씨

화를 멈추지 않는 것은 달아오른 숯덩이를 상대방에게 던지는 것과 같다. 하지만 화상을 입는 건 나 자신이다.

고타마 싯다르타

화를 낼 수는 있지만 빨리 멈추어야 합니다.
누군가에게 화내는 것은 그에게 숯덩이를 던지는 것과 같습니다.
상대방은 피할 수 있지만 숯덩이를 쥔 내 손은 틀림없이 화상을 입을 것입니다.
화(火)란 바로 불입니다. 불이 내 속에서 타고 있다고 생각해 보십시오. 내 속이 어떻게 되겠습니까?
화를 참기란 쉽지 않습니다. 그러나 사랑과 이해와 용서의 물로 화의 불을 빨리 끄십시오.
불이 꺼지면 그곳에서 새싹이 돋아납니다. 더 아름답고 고운 새싹이.

Day 174

잔잔한 기쁨

최고의 유머를 이해할 수 없다면 가장 심각한 일도 처리할 수 없다.

윈스턴 처칠

예상 외로 많은 일이 웃음, 여유, 친밀감, 장난기, 엉뚱함, 순진함 등으로 해결됩니다. 대단한 노력이나 놀라운 사건이 세상을 지배하는 것은 아닙니다. 일상의 소소한 만남, 잔잔한 기쁨, 가벼운 웃음, 부드러운 몸짓, 속삭임 등이 우리 삶을 길들이고 물들입니다.
최고의 유머를 이해하는 사람은 그만큼 생각의 폭이 넓고 마음이 깊은 사람입니다. 동시에 부드럽고 따뜻하며 밝은 사람입니다.
이런 사람일수록 심각한 일도 매끄럽게 처리합니다.

Day 175

살아 있는 모험

그리는 것, 구성하는 것, 쓰는 것은 자기 자신을 바치는 것이다. 이런 행위는 살아 있는 모험이다.

앙리 미쇼

자신을 다 주어야 남에게 영향을 끼칠 수 있습니다. 자신의 이야기 없이 다른 사람 말이나 객관적인 사실만 보여 주는 것은 그 결과물을 받아들이는 사람에 대한 예의가 아닙니다.
아무리 보잘것없고 평범한 사람이라도 자신을 다 바치면 강한 힘이 드러납니다. 이때 그는 어느 누구도 발견하지 못한 세계를 봅니다.
그 세계는 각자 다르기 때문에 저마다의 모험을 겪는 것입니다.
어떤 일이든 나를 바치십시오. 이것이 살아 있는 모험이요, 도전입니다.

Day 176

사람을 추구하라

인간이 추구해야 할 것은 언제나 돈이 아니라 인간이다.

알렉산드르 푸시킨

가끔은 자신을 돌아보아야 합니다. 나는 무엇에 의해 움직이는가, 내가 추구하는 것은 무엇인가?

여러 가지 현실적인 문제에 쫓기다 보면 어느새 돈에 의해 움직이는 나를 발견할 수도 있습니다. 그러나 돈만 추구한다면 결코 행복을 발견하지 못합니다.

사람을 추구하십시오. 사람을 사랑하십시오. 사람을 추구하면 그에게서 가능성과 희망을 발견합니다.

행복은 돈이 아닙니다. 행복은 관계의 기쁨입니다.

Day 177

발견의 즐거움

진정한 발견은 새로운 땅을 찾는 게 아니라 새로운 눈으로 보는 것이다.

마르셀 프루스트

삶이 멋진 이유는 끊임없이 새로운 것을 발견하기 때문입니다. 발견의 즐거움이 없다면 삶은 금방 지루해질 것입니다.

하지만 누구나 발견의 즐거움을 누리는 것은 아닙니다. 새로운 눈이 있어야 합니다. 이미 가진 것들도 새롭게 볼 줄 알아야 합니다.

꽃 한 송이도 새로운 눈으로 보면 새 꽃입니다. 누구라도 그를 새롭게 바라보면 다른 사람이 되어 다가옵니다. 새롭게 보는 눈이 있으면 발견의 즐거움은 계속됩니다.

Day 178

소중한 포기

명확한 어떤 것을 성취하려면 다른 모든 것을 포기해야 한다.

조지 산타야나

포기는 성취만큼 아름답고 소중합니다. 하나를 성취하려면 다른 많은 것을 포기해야 하기 때문입니다.
모든 걸 움켜쥐겠다는 생각만큼 어리석은 것은 없습니다. 여러 가지 일을 다 잘하겠다는 것은 교만의 극치입니다.
삶이란 선택입니다. 더 소중하고 가치 있는 것을 위해 다른 것들을 하나씩 버리는 과정입니다. 그리고 마지막에는 가장 소중한 하나만을 소유하는 것입니다.

Day 179

생각대로 살라

생각하는 대로 살라. 그렇지 않으면 사는 대로 생각한다.

폴 발레리

마음이 가고 생각이 머무는 곳에 내가 있어야 합니다. 그렇지 않으면 살아가는 환경에 따른 고정된 생각만 할 것입니다. 나 자신은 사라지고 외부 환경만 남아 상황에 이리저리 휩쓸리며 사는 것입니다.

자신을 성실하게 돌보지 않으면 인간의 본성 때문에 오직 살아가는 것 자체에 익숙해져 버립니다. 그래서 우리는 늘 깨어 있어야 합니다. 끊임없이 새롭게 다시 살아야 합니다.

이것이 희망입니다.

Day 180

아니오

"아니오."라는 말을 할 수 있는 능력은 자유로 향하는 첫걸음이다.

니콜라 샹포르

우리가 자주 하는 말 두 가지는 "예."와 "아니오."입니다. 우리는 이 중에서 "예."가 더 좋고 긍정적인 대답이라고 배웠습니다.

윗사람이 일을 시키면 일단 "예."라고 대답한 다음 방법을 찾아보라고 배웠습니다. '아니오'는 금기이자 관계의 단절이라고 믿었습니다. 거절에는 불손, 항명, 소극적인 뜻이 담겼다고 배웠습니다.

여기에서 우리 삶은 피폐해졌고 생기와 창조성과 자유와 기쁨을 잃어버렸습니다.

내 마음 깊은 곳에서 분명히 '아니오'라고 하면 말도 그렇게 해야 합니다. 이때부터 우리는 자유로워집니다.

Day 181

아직 끝나지 않았다

낙천주의란 비극적인 일이 일어나지 않는 환상의 세계에 사는 것이 아니다. 우리 인생에 아직도 좋은 것이 남아 있다는 확신을 갖는 것이다.

빌리 그레이엄

좋은 일은 아직도 많이 남아 있습니다. 이제부터 그동안 쌓은 경험과 지혜가 좋은 일을 만들어 낼 것입니다. 그동안의 고통과 눈물은 내일의 좋은 일을 맞이하기 위한 준비였습니다.

아침은 날마다 새롭게 찾아오고, 봄도 다시 올 것입니다. 물론 내일도 아프고 쓰린 일이 있을 것입니다. 하지만 지혜와 사랑으로 극복할 것입니다. 나는 더 잘할 수 있습니다. 아직 끝나지 않았습니다.

Day 182

진정한 사과

퉁명스러운 사과는 또 한 번의 모독이다.

길버트 키스 체스터턴

사과하려면 먼저 자기의 진심이 얼마나 담겼는지부터 헤아려야 합니다.
자기의 부족함을 인정하고 정직함과 진실함으로 용서를 구하면 받아들여질 것입니다.
실수는 다시 할 수 있지만 사과는 다시 할 수 없습니다. 그렇기에 자아를 내려놓고 분명하고 성실하게 사과해야 합니다.
적당한 사과, 형식적인 사과, 일시적인 사과는 하지 않는 것만 못합니다.

Day 183

나무가 건네는 말

나무야말로 진리를 말하는 가장 훌륭한 설교자다.

헤르만 헤세

나무는 참으로 많은 이야기를 합니다.
희망의 이야기, 인내의 이야기, 희생의 이야기, 기다림의 이야기, 고통과 성숙의 이야기, 고독과 상처의 이야기, 아름다움과 풍성함의 이야기, 이웃과 동행의 이야기, 꽃과 열매의 이야기, 채움과 비움의 이야기, 버림과 소생의 이야기…….
한 그루의 나무 안에 백 가지의 열매가 있고 천 가지의 지혜가 있습니다.
나무가 건네는 말에 귀를 기울여 보십시오. 때마다 전하는 이야기가 얼마나 많은지 놀랄 것입니다.
배움이란 이런 것입니다. 나무 한 그루, 돌멩이 하나도 겸손히 바라보며 무언가를 깨닫는 것입니다.

Day 184

내 노력으로

아무리 작은 것이라도 만들지 않으면 얻을 수 없고, 아무리 총명해도 배우지 않으면 깨닫지 못한다. 노력과 배움 없이는 인생을 밝힐 수 없다.

장자

이 세상은 우리가 만든 물건과 깨달은 좋은 생각으로 가득합니다. 모두 노력과 배움으로 이룬 것입니다. 하나의 물건이 만들어지거나 가치관이 뚜렷해지는 것은 성스러운 일입니다.

주어진 재능이 아무리 뛰어나도 사용하지 않으면 아무 의미 없습니다. 인생은 타고난 재능이 아니라 배우고 노력한 행위로 평가받을 것입니다.

누군가는 이 세상을 더 가치 있게 만드는데, 나는 아무 일도 하지 않았다면 얼마나 허망하고 부끄럽습니까?

힘들 때마다 기억하십시오. 지금 내 노력으로 세상이 조금씩 아름다워지고 있음을.

Day 185

복주머니

즐겁게 사는 사람은 주기 위한 주머니와 받기 위한 주머니를 함께 가지고 다닌다.

요한 볼프강 폰 괴테

주고받는 것은 평범한 행동 같지만 여기에 즐거운 삶의 비밀이 숨어 있습니다. 주고받음으로써 서로 살아 있음의 기쁨을 누리기 때문입니다. 받지도 주지도 않는 사람은 인간관계의 맛을 모릅니다.
주기만 하면 즐거울 것 같지만 그렇지 않습니다. 차츰 지치고 속상합니다. 그렇기 때문에 누군가로부터 받아야 합니다. 그래야 다시 줄 수 있습니다. 또한 받기만 하면 갈수록 의존하고 연약해집니다. 자존감이 낮아지고 불평이 쌓입니다.
사랑도 도움도 주고받을 때 더 큰 기쁨과 감사가 찾아옵니다.

Day 186

결심

결심하라. 그러면 홀가분할 것이다.

헨리 워즈워스 롱펠로

결심하고 나면 마음이 가벼워집니다. 열정과 집중력이 생기고 새로운 아이디어가 떠오릅니다.
우리를 힘들게 하는 것은 결심하기 전에 찾아오는 망설임과 두려움입니다. 시작도 하기 전에 걱정과 두려움에 사로잡혀 에너지를 소모해 버리는 것입니다.
너무 오래 망설이지 말고 이제는 결심하십시오. 마음을 정하면 막막한 일이 뚜렷해지고 무엇을 어떻게 할지도 알게 될 것입니다.
결심한 뒤에 찾아오는 열정과 충만을 느껴 보십시오.

Day 187

그래서 친구

내 친구는 완벽하지 않다. 나도 마찬가지다. 그래서 우리는 정말 잘 맞는다.

알렉산더 포프

친구가 많더라도 마음에 꼭 드는 친구는 없습니다. 이 친구는 편하기는 한데 부탁을 자주 하고 저 친구는 부탁은 안 하지만 도도하고 어색합니다.
아무리 친한 친구라도 어느 부분에서는 어긋납니다.
그래도 만나면 좋아서 웃고 떠들며 시간을 보냅니다.
나도 친구들에게 그럴 것입니다. 나의 어떤 면은 친구의 마음에 들지 않을 것입니다.
친구의 허물은 나의 안식처가 되고 친구의 부족함은 나의 만족이 됩니다.
그래서 우리는 친구입니다.

Day 188

누군가를 향한 열망

누군가를 돕고자 하는 열망, 누군가를 위해 일하고자 하는 열망만큼 우리의 위대함을 자유롭게 펼치도록 하는 것은 없다.

마리아 윌리엄스

여기서 핵심은 '열망'입니다. 우리의 자유는 각자의 열망을 통해 이루어지고 그 열망은 누군가를 돕고자 할 때 나타납니다.
하지만 우리는 무언가에 계속 얽매이고 싶기도 합니다. 특히, 이기심이나 욕심이 있으면 현재의 환경에서 벗어나고 싶지 않습니다.
이러한 우리의 안일을 벗어나는 길은 남을 돕고, 그들을 사랑하고 함께하는 것입니다. 그러면 그 열망이 우리를 얽매임에서 벗어나 자유롭게 할 것입니다.

Day 189

현재를 소유하라

현재를 잃어버리는 것은 모든 시간을 잃어버리는 것이다.

영국 격언

지난날을 회상하고 추억할 수는 있지만 과거에만 머무르면 안 됩니다. 미래를 설계하고 꿈꾸는 것은 좋지만 미래의 꿈에서 살면 안 됩니다. 나는 언제나 오늘, 지금을 성실히 살아야 합니다.

오직 지금, 내가 보여 주는 정성과 친절이 나를 말해 줍니다. 현재야말로 과거와 미래를 결정짓는 가장 중요한 순간이기 때문입니다.

오늘의 기쁨과 가치가 없으면 아무리 좋은 과거도 허망하고, 아무리 위대한 꿈도 이룰 수 없습니다. 현재를 소유하십시오. 이것이 모든 시간을 잃지 않는 비결입니다.

Day 190

친절의 부메랑 효과

친절한 태도로 누군가에게 끼친 유쾌함은 이자까지 붙어 되돌아오는 법이다.

애덤 스미스

친절은 사람 사이를 빛처럼 빠르게 이동합니다. 친절은 잠시도 멈추지 않고 여기에서 저기로, 이 사람에게서 저 사람에게로 전해집니다.
사람은 누구든 친절에 무척 민감합니다. 돌같이 단단한 사람도 작은 미소, 부드러운 한마디, 진심 어린 몸짓 하나에 금방 부드러워지고, 마음의 벽이 허물어집니다.
친절과 유쾌함은 회귀 본능이 있기에, 어느새 돌아와 자신의 마음 밭에 기쁨의 집을 짓습니다. 그것도 이자까지 붙어 더 큰 기쁨의 집을 짓습니다.

Day 191

생각의 나무

생각의 씨를 뿌린 뒤 행동의 열매를 거둬들여라. 행동의 씨를 뿌린 뒤 습관의 열매를, 습관의 씨를 뿌린 뒤 성격의 열매를, 성격의 씨를 뿌린 뒤 인생의 열매를 거둬들여라.

찰스 리드

어떤 생각을 하느냐는 내 마음 밭에 어떤 씨를 뿌리느냐입니다. 생각은 씨앗과 같아서 하나의 생각이 마음속에 들어가면 반드시 그에 따른 행동의 열매를 맺습니다.

그 행동이 모여 습관을 만들고, 그 습관이 모여 성격을 만들며, 그 성격이 자기 이름의 인생을 만듭니다.

결국 어떤 생각을 하며 사느냐가 어떤 사람인지를 결정합니다. 하나하나의 생각이 쌓여 성품이 되고 인생이 됩니다.

Day 192

행복한 동행

빨리 가려면 혼자 가고 멀리 가려면 함께 가라.

아프리카 격언

인생은 장거리 여행과 같습니다. 우리가 얻을 수 있는 모든 좋은 것은 많은 시간을 필요로 합니다. 사람과의 관계든 일이든 지혜든 기쁨이든 그것을 알고 소유하기까지 오랜 시간이 걸립니다. 우리가 가야 할 길은 이렇게 멀기에 빨리 갈 수 없습니다.

인생이라는 먼 길을 가려면 좋은 동행인이 있어야 합니다. 혼자서는 누구도 그 거리를 감당할 수 없습니다. 지금 나와 함께 인생길을 걷는 가족과 친구, 동료에게는 고마워해야 합니다. 내 마음과 몸이 그들에게 깊이 의지하고 있으니까요. 그들 덕분에 오늘도 무사히 길을 가는 것입니다.

Day 193

늦기 전에

우리는 이별의 아픔을 맛봄으로써 사랑의 심연을 들여다본다.

조지 엘리엇

"사람은 헤어져 봐야 안다."라고 합니다. 그 사람이 떠나고 나서야 그의 진가를 안다는 뜻이겠지요.
특히 사랑이 그렇습니다. 그 사람이 떠나고 아픔이 밀려오면 그제야 밑바닥에 숨은 사랑이 수면으로 떠올라 그 깊이와 넓이가 선명히 드러납니다.
우리는 사랑할 때마저도 이렇게 어리석습니다.
만날 때는 깨닫지 못하는 이 사랑, 어쩌면 좋을까요?
이별의 아픔을 맛보기 전에 사랑의 심연을 볼 수 있다면 얼마나 좋을까요?

Day 194

웃음 마법

행복하기 때문에 웃는 것이 아니라 웃기 때문에 행복해집니다.

윌리엄 제임스

행복을 찾은 다음 웃음을 찾기에는 인생이 너무 짧습니다. 그리고 웃음의 힘이 너무나 아깝습니다.

웃음이 그저 기쁘고 즐거운 일에 대한 반응이라고만 생각하지 마십시오. 웃음은 능동적인 행위입니다. 마법처럼 좋은 일을 일으키고 자라게 합니다. 웃음은 행복을 창조하는 터전입니다.

"많이 웃는 사람은 성공한 사람이다."라는 말은 진리입니다. 잘 웃는 태도 자체에 이미 삶에 대한 적극성과 건강함이 담겼기 때문입니다.

Day 195

적당한 위치

위대해지는 일은 겸손해지는 일이다. 아득한 우주에 대한 자신의 적당한 위치를 깨닫고.

우치무라 간조

겸손이란 아득한 우주 속 자신의 위치를 아는 것입니다. 그러면 내가 얼마나 작은 존재인지 알게 됩니다. 동시에 내가 얼마나 고귀한지, 타인이 얼마나 소중한지도 깨닫습니다.
겸손이야말로 위대해지는 일입니다. 겸손해지면 온 우주와 상대해도 자연스럽고 누구를 만나도, 어떤 일을 해도 두렵지 않기 때문입니다.
겸손이란 무엇입니까? 상대를 이해하고 소중히 여기는 마음입니다. 고개를 숙이는 게 아니라 그의 마음 곁에 조용히 서는 것입니다. 나를 낮추는 게 아니라 사랑의 마음으로 남을 높이는 것입니다.

Day 196

포도주 같은 사랑

적게 사랑하라. 그러나 길게 사랑하라.

윌리엄 셰익스피어

긴 사랑에는 그 나름의 의미와 특징이 있습니다. 긴 사랑이 주는 남모르는 기쁨과 안정이 있습니다. 긴 시간만큼 많은 일을 겪었다는 의미이기 때문입니다.
짧고 강한 사랑보다 은근하지만 오래가는 사랑이 삶에 더 도움 됩니다.
새로운 사람을 위해 지금의 사랑을 버리지 마십시오. 지금의 사랑에 새로운 사랑을 더하십시오. 사랑도 포도주처럼 익어 갑니다. 시간이 지날수록, 익을수록 깊고 진한 맛이 우러납니다.

Day 197

오늘의 가치

오늘은 내 일생에서 가장 중요한 날이며 다른 모든 날을 결정하는 날이다.

미셸 몽테뉴

오늘은 내 일생에서 최고의 날이고 오늘 행하는 일은 내 일생에서 가장 중요한 일입니다. 과거와 미래가 오늘을 중심으로 연결되었기 때문입니다.
어제의 큰 생각보다 오늘의 작은 생각이 중요합니다. 미래는 지나간 경험이 아니라 지금 하는 생각으로 결정되기 때문입니다.
오늘 내가 무너지면 단단해 보이던 삶도 무너지지만, 오늘 내가 일어서면 부끄러운 과거도 자랑스러워지고 막막한 미래도 힘을 얻습니다.
세상의 모든 희망은 언제나 오늘부터 시작합니다.

Day 198

힘의 저수지

자연의 아름다움을 마음으로 그릴 줄 아는 사람은, 인생의 어려움을 견딜 수 있는 힘의 저수지를 가졌다.

레이첼 카슨

자연의 아름다움을 마음으로 자주 그리면 삶의 힘이 됩니다. 세상을 아름답게 살 수 있는 힘의 저수지를 갖는 것입니다.
이러한 저수지가 있다면 어려움에 처했을 때 견디는 힘을 공급받을 수 있습니다. 인생을 제대로 한 번 살 수 있는 자신감을 가질 수 있습니다.
우리는 무언가를 어디선가 끊임없이 공급받아야 합니다. 그중 하나가 자연의 아름다움을 마음으로 그리는 것입니다.
그러면 그 아름다움이 내 삶 전체에 나타날 것입니다.

Day 199

다른 사람 먼저

자신에 대한 염려보다 남을 염려하는 쪽으로 마음을 돌릴 때 비로소 어른이 된다.

존 맥노턴

우리가 어른이 되는 순간은, 나보다 다른 사람을 먼저 생각하는 바로 그 순간입니다. 타인도 살고 있구나, 그에게도 아픔이 있구나, 그의 생각이 나와 다를 수 있구나……. 이런 생각이 들면 어른이 된 것입니다.

아주 쉬운 일 같지만 그렇게 쉽지만은 않습니다. 인간은 근본적으로 이기적이기 때문입니다. 마음을 열고 노력하지 않으면 평생 단 한 번도 이 강을 건너지 못합니다.

좋은 삶이란 내 생각과 행동의 범위를 계속 넓히는 것입니다. 나에게서 가족으로, 가족에서 이웃으로, 이웃에서 국가로, 국가에서 세계로, 세계에서 우주로…….

Day 200

찢어진 마음에서

마음은 찢어질 때 비로소 최선의 것이 된다.

리처드 베이커

마음을 곱게만 다루지 마십시오. 마음을 온실의 화초처럼 약하게만 다루지 마십시오. 어느 땐 찢어져서 아프기도 해야 합니다.
다른 것들은 찢어지면 악화되지만, 마음은 찢어지는 괴로움 속에서 최선을 낳습니다. 깊은 아픔을 겪지 않으면 삶의 참맛을 모릅니다.
극한의 세계를 외면하면 몸과 마음은 계속 움츠러듭니다. 더 편하게 더 쉽게 살고 싶습니다. 그런 마음에서는 결코 최선의 것이 나오지 않습니다.
혹독한 추위를 견딘 꽃이 더 아름답고, 척박한 땅의 꽃에서 더 진한 향기가 나듯 마음이 찢기는 고통을 견디면 최선의 사람이 됩니다.

Day 201

받아들이기

좋지 않은 날씨란 없다. 좋지 않은 옷이 있을 뿐이다.

스칸디나비아 격언

좋지 않은 환경이 있습니다. 하지만 그러한 환경도 내가 어떻게 적응하느냐에 따라 달라집니다. 자연은 근본적으로 우리를 괴롭힐 목적으로 있는 것이 아니기 때문입니다.

내 마음이 건강하고 밝으면 어떤 환경에서도 희망을 찾을 수 있습니다.

춥다고, 높다고, 험하다고 불평하며 돌아서는 탐험가는 없습니다. 탐험가는 날씨나 환경을 탓하지 않습니다. 환경을 받아들이고 자신이 할 일을 그곳에서 해 나갑니다.

Day 202

인생 전체는

우리가 인생의 한 부분에서 잘못하고 있다면 다른 부분에서도 잘할 수 없다. 왜냐하면 인생은 분리될 수 없는 완전한 전체이기 때문이다.

마하트마 간디

한 부분이 썩으면 다른 부분도 성하지 않습니다. 나쁜 시작이 좋은 결과를 가져오지 못합니다.
거짓말을 잘하는 사람이 물건을 제대로 만들 수 없고, 물건을 소홀히 만드는 사람이 정직하고 진지할 수 없습니다.
겉으로는 잠깐 다른 모습을 보여 줄 수 있지만 결국 한 사람의 인생 전체는 연결되었기 때문입니다.

Day 203

햇살 순리

다른 이들의 삶에 햇살을 가져오는 사람은 그 햇빛으로부터 떨어져 있지 않습니다.

제임스 매튜 베리

햇살은 한쪽으로만 내려오지 않습니다. 빛은 어느 방향이든 찾아갑니다.
좋은 일을 하면 그 일의 수혜자만 좋아지는 것이 아닙니다. 나도 그 햇살 아래에 있는 한 사람이 됩니다. 내게도 그 빛이 들어와 마음을 더 밝게 하고 삶을 따뜻하게 합니다. 보상을 원하지 않기에 햇살은 더 밝고 깊게 찾아듭니다.
이것이 삶의 순리입니다. 내 것을 줌으로 나 자신이 더 풍성해지고 더 주고 더 받고……. 선순환의 기쁨이 계속되는 것입니다.

Day 204

이해라는 열쇠

인생에서 두려워해야 할 것은 아무것도 없다. 다만 이해할 것뿐이다.

마리 퀴리

이해하면 두려움이 사라집니다. 어떤 문제라도 이해하면 더 이상 당황스럽지 않습니다.
"이해한다."라는 말이 "사랑한다."라는 말보다 더 정겹게 들릴 때가 있습니다. 이해는 이상이나 감정이 아니라 현실에 바탕을 두기 때문입니다.
사랑한다고 말하기 전에 이해하도록 노력해야 합니다.
깊이 이해하면 결국 사랑하게 됩니다.
남을 미워하고 불평하는 이유 대부분은 그를 잘 알지 못하기 때문이고, 일을 그르치는 것도 본질을 제대로 이해하지 못해서일 때가 많습니다.
이해하면 어떤 일이라도 잘할 수 있고, 어떤 사람이라도 사랑할 수 있습니다.

Day 205

5분만 더

영웅은 다른 사람들보다 훨씬 용감한 것이 아니라 다만 5분 더 용감할 뿐이다.

랠프 월도 에머슨

마라톤 용어 중에 데드 포인트(dead point)가 있습니다. 42.195킬로미터를 완주하는 과정에서 너무 힘들어 숨이 멎을 것 같은 시점을 말합니다. 데드 포인트에 이르면 더 이상 달릴 수 없는 극한의 고통과 위기감이 엄습합니다. 그러나 이 지점을 지나면 다시 힘이 생기고 마음도 편안해진다고 합니다.

사람이 느끼는 두려움은 비슷합니다. 단, "누가 더 참고 견디느냐?"에 따라 영웅도 되고 소인도 됩니다.

어떤 일을 할 때도 마찬가지입니다. 힘들어서 더 이상 못하겠다고 말하고 싶은 그때가 마지막 고비입니다. 그 순간만 넘기면 승리의 깃발이 올라갑니다.

조금만 더 달리십시오. 5분만 더 참으십시오.

Day 206

인생의 통행료

인생은 자신의 순례 길을 가면서 통행료를 내는 것이다.

스콧 니어링

인생길은 자기가 만든 길인데도 통행료를 내야 합니다. 길을 만들기도 힘든데 통행료까지 내야 하는 것이 인생의 순례 길입니다.
어떤 이는 통행료를 내지 않으려 합니다. 어떻게 해서든 무료로 통과하려고 합니다.
그러나 참된 삶은 지불할 줄 압니다. 무언가에 나를 희생하는 삶입니다. 좋은 것은 결코 그냥 주어지지 않습니다. 세상에 공짜는 없습니다. 무료로 가려는 사람은 결국 더 비싼 값을 치릅니다.
정당하게 지불한 통행료는 더 많은 것으로 보답합니다. 인생길을 아름답게 하고 여정을 즐겁게 합니다.

Day 207

인간의 이상

인간의 가장 훌륭한 이상은 미덕의 표본이 되는 게 아니다. 그저 다정하고 호감을 주며 분별력 있는 사람이 되는 것이다.

린위탕

나 자신이 미덕의 표본이 되겠다고 다짐하지 마십시오. 삶에 모범을 보일 수 있다고 확신하지도 마십시오. 그것은 교만이고 욕심입니다.
대신 친절하고 다정하며 분별력 있는 사람이 되겠다고 다짐하십시오.
거창한 다짐일수록 큰 짐이 됩니다. 무거운 짐을 지고 힘들게 살기보다 짐을 가볍게 하고 행복하게 사십시오. 이것이 훌륭한 삶입니다.
가볍고 단순하게 사는 사람은 지혜롭습니다. 가까운 곳, 작은 것에서 기쁨을 찾는 사람은 행복합니다. 작은 것에 만족하고 감사하는 사람은 아름답습니다.

Day 208

실패의 이야기

실패를 말하지 않는 것은 성공을 뽐내는 것보다 위험하다.

프랑수아 케네

실패를 말하는 것은 부끄러운 일이 아닙니다. 실패를 말하는 순간 실패에서 자유로워지고 실패를 통해 배우기 때문입니다.
인간은 누구나 예외 없이 실패합니다. 그러나 누군가는 실패를 통해 새로운 세계에 눈뜨고, 누군가는 눈을 감고 미래의 문을 닫아 버립니다.
성공한 사람들이 남기는 것은 성공의 이야기가 아닙니다. 그들이 자랑스럽게 말하는 것에는 언제나 실패의 이야기, 부끄러움의 이야기가 있습니다.
실패담으로 성공을 이끌어 낸 것입니다.

Day 209

얼굴 풍경

사람의 얼굴은 하나의 풍경이요 한 권의 책이다.

오노레 드 발자크

사람의 얼굴은 그 사람의 삶입니다. 또 얼굴은 그 사람의 이야기가 담긴 한 권의 책입니다. 이것은 속일 수 없는 풍경이요, 사실입니다.
나쁜 생각 많이 하는 사람의 인상이 좋을 리 없고, 좋은 생각 많이 하는 사람의 인상이 나쁠 리 없습니다.
인상은 생각하는 대로 나타나고 인품은 행동하는 대로 빚어집니다.
거울에 비추어도 자신의 인상을 바로 보지 못합니다.
얼굴 풍경은 자기가 그리지만, 그 그림을 알아보는 사람은 언제나 타인이기 때문입니다.

Day 210

지성이면 감천

기도하기 전에 반드시 기도가 절실한지 자신에게 물어보라. 그렇지 않으면 기도하지 마라. 습관적인 기도는 참되지 못하다.

《탈무드》

여러 가지 일을 시도하지만 잘되지 않는 것은 절실하지 않기 때문입니다.
막연한 추측, 적당한 노력으로는 아무것도 이루지 못합니다.
성공한 사람과 실패한 사람의 차이는 능력이 아니라 절실함과 진정성에 있습니다. 애타게 구하는 사람에게는 능력마저도 얼마든지 주어집니다.
불평하거나 좌절하기 전에 꼭 짚어 보아야 할 것이 있습니다. "정말 최선을 다했느냐."입니다.
'지성이면 감천(至誠感天)'이라고 했습니다. 내가 최선을 다하면 하늘도 감동하여 돕기 시작합니다.

Day 211

내가 변하면

자기 자신도 바꾸지 못하는 사람이 세상을 바꾸려 한다.

작자 미상

사람들은 변화를 꿈꿉니다. 저마다 이상이 있고 현재에 만족하지 못하기 때문입니다.
그런데 사람들은 변화를 외부의 것으로만 생각합니다. 누군가를 가르치고 간섭하면 세상이 바뀔 줄 압니다. 하지만 사람들은 그렇게 호락호락하지 않습니다. 자기 주장과 자기 삶의 방법이 얼마나 확고한지 모릅니다. 그것을 깨는 것은 불가능에 가깝습니다. 그래서 세상을 바꾸려다 오히려 자신이 그 속에 물들기도 합니다.
변화란, 외부가 아니라 내면의 일입니다. 내가 변하면 결국에는 세상도 달라집니다. 작은 생각 하나, 조그만 습관 하나, 표정 하나부터 바꾸다 보면 세상도, 다른 사람도, 나도 함께 변합니다.

Day 212

어떤 어려움에도

나쁜 일 속에는 좋은 일이 들어 있다.

루트비히 판 베토벤

베토벤은 들리지 않는 귀와 아름다운 음악 사이에서 얼마나 힘들었을까요? '그가 이 말을 하기까지 어떤 고통과 성숙의 과정을 거쳤을까?' 생각하면 가슴이 아립니다.

성숙한 사람의 특징은 나쁜 일이 다가오면 그것을 받아들이고 그 안에서 좋은 것을 찾아내는 것입니다.

우리의 희망과 가능성은 여기에 있습니다. 어떤 어려움과 아픔에도 그 안에서 살아갈 용기를 얻고, 더 나은 내일을 향해 다시 힘차게 걷는 것입니다. 이것이 인간의 슬픔이자 희망입니다.

Day 213

누구나 친구

땅끝, 바다 저 너머, 하늘 끝 그리고 산 너머 그 어디에서도 친구가 아닌 사람을 만난 적 없다.

인디언 격언

모든 사람을 친구로 여긴다면 세상은 '즐거운 곳'이 될 것입니다.
어디로 가든 반가운 사람을 만나고 누구를 만나도 함께할 수 있을 테니 말입니다.
네팔에서는 부부가 나이 들어 관계가 완숙해지면 서로를 '친구'라 부른답니다.
친구가 된다는 것은 특별한 관계를 맺는 게 아니라 서로를 믿고 사랑하는, 관계의 기본에 충실한 것을 말합니다.
마음에 욕심이 없으면 어디를 가든 친구를 만날 것입니다.

Day 214

행복 에너지

사람이 행하고 경험하는 일이 참된 행복에 가까울수록 그 행복을 나누어 주고 싶다는 소원은 더욱 간절해진다.

레프 니콜라예비치 톨스토이

사람은 누구나 자신의 경험을 특별하게 생각합니다. 행복한 경험이든 고통스러운 경험이든 그것은 단 하나뿐인 자기만의 이야기이기 때문입니다.
그런데 행복한 경험일수록 남에게 전하고 싶은 마음이 생깁니다. 참된 행복일수록 그 마음은 더 강해집니다.
만약 지금, 내가 행복이라고 여기는 것을 다른 사람과 나누고 싶지 않다면, 그것이 과연 참된 행복인지 의심해 보아야 합니다.
참된 행복은 자신뿐 아니라 다른 사람까지 행복하게 합니다.

Day 215

조용한 태도

모든 악에 대한 저항은 노여움으로 하지 말고 평정한 태도로써 하라. 악에 대해 가장 강한 것은 조용한 태도다.

벤저민 프랭클린

성경은 악을 악으로 갚지 말고 선으로 악을 이기라고 합니다. 악을 악으로 갚으면 악이 남지만, 선으로 갚으면 악은 사라지고 선만 남습니다.

선은 결코 약하지 않습니다. 선은 악보다 강하고 아름답습니다.

선한 태도의 중심은 조용함입니다. 목소리를 낮추고 묵묵히 사랑하며 살면 내 인생에서 어느새 악은 떠나고 선만 남습니다.

Day 216

웃는 만큼

미소 짓는 법을 배우기 전까지 가게 문을 열지 마라.

유대인 격언

가게를 열면 그곳에서 물건만 판다고 생각하는데 그렇지 않습니다. 가게에서 파는 것은 물건뿐 아니라 미소입니다. 친절과 사랑입니다. 정직과 순결입니다.
물건을 파는 사람과 사는 사람 사이에는 물건과 돈이 오가기 전에 신뢰와 감사가 먼저 오가야 합니다.
이럴 때 미소는 가장 좋은 표현입니다. 미소 안에 사랑과 감사, 기쁨과 만족이 다 들었기 때문입니다.
가게든 직장이든, 가정이든 거리에서든 자주 웃으세요.
웃는 만큼 행복 지수도 쑥쑥 올라갈 것입니다.

Day 217

휴식

인간의 모든 불행은 단 한 가지, 고요한 방에 들어앉아 휴식할 줄 모르는 데서 비롯한다.

블레즈 파스칼

오늘날 우리의 가장 큰 불행은 분주함입니다.
조용히 생각할 만한 마음의 여유와 시간과 장소를 확보하지 못해 지금 우리는 불행하다고 느낄 정도로 괴롭고 슬픈 상태가 되었습니다.
좀 더 많이 버리고 잊어야 합니다. 더 고독하고 더 많이 사랑할 시간을 가져야 합니다. 그러면 한층 넉넉하고 행복해질 것입니다.
우리는 확실히 소중한 무언가를 놓치고 있습니다. 그것을 속히 찾지 않으면 지쳐 쓰러지고 말 것입니다. 바쁨은 자랑이 아니라 핑계입니다. 쉼을 사랑하십시오. 그러면 내 안에서 생수가 흘러나와 삶을 촉촉이 적실 것입니다.

Day 218

슬픔 흘려보내기

슬픔의 새가 머리 위로 지나가는 걸 막을 수는 없지만, 그 새가 내 머리에 둥지를 틀지 못하게 할 수는 있다.

스웨덴 격언

슬픔은 우리 마음에 들어와 놀다 나갈 수 있습니다. 마음을 아리게 하고 지나갈 수도 있습니다.
하지만 그 슬픔이 내 마음 안에 집을 짓게 하면 안 됩니다. 슬픔이 그 집에서 주인 노릇을 하게 하면 안 됩니다. 내 마음은 슬픔을 오래 담고 있기에는 너무나 연약하기 때문입니다.
슬픔은 지나가게 해야 합니다. 슬픔은 흘려보내야 합니다. 아무리 슬퍼도 슬픔이 나를 지배하게 해서는 안 됩니다.

Day 219

내 안의 구원자

세상이 비록 고통으로 가득하더라도, 그것을 극복하는 힘 역시 세상에 가득하다.

헬렌 켈러

쉬운 인생은 없습니다. 누구에게나 자기 몫의 고통이 있습니다.
하지만 그 고통을 이길 힘 또한 누구에게나 주어지고, 자신 안에 그 힘이 있다는 것을 믿는 사람은 누구나 고통을 이겨 냅니다.
고통을 이해하고 그것을 넘어서면 드디어 기쁨과 평안이 찾아옵니다.
우리의 소원은 고통 없는 세상이 아닙니다. 고통을 딛고 일어나 새로운 삶의 의미와 기쁨을 찾아내는 것입니다. 고통이 아무리 깊고 강해도 그것을 극복하는 힘과 방법은 더 강하고 다양합니다.

Day 220

지도자는 독서가다

모든 독서가(reader)가 다 지도자(leader)가 되는 것은 아니다. 그러나 모든 지도자는 반드시 독서가가 되어야 한다.

해리 트루먼

책을 읽는 것만큼 효과적인 투자는 없습니다. 책 속에는 시간과 공간을 뛰어넘는 온갖 지혜가 들었기 때문입니다.

글을 쓴 이들은 누구나 자신의 최고를 줍니다. 자신의 모든 것을 기꺼이 내놓습니다. 그들의 훌륭한 경험과 좋은 생각을 가장 쉽고 편하게 만날 수 있는 방편이 바로 책입니다.

책을 멀리하는 사람은 결코 지도자가 될 수 없습니다. 지혜가 아니라 자신의 의지만으로 살아가기 때문입니다. 책은 타인을 알게 합니다. 그리고 결국은 자신을 알게 합니다.

Day 221

가장자리로 가라

그가 말했다. "가장자리로 오라." 그들은 "두렵다."라고 대꾸했다. "가장자리로 오라." 그가 다시 말하며 그들의 등을 밀었고, 그리하여 그들은 하늘을 날았다.

기욤 아폴리네르

날기 위해서는 가장자리로 가야 합니다. 비행기도 활주로 끝에서야 날아오릅니다. 가장자리는 위험합니다. 그래서 두렵습니다. 하지만 가장자리의 위험과 두려움은 그곳에서 날아오름으로 없어집니다.
어떤 일이든 시작하기 전에는 두렵습니다.
하지만 자세히 보면 두려움의 실체는 별것 아닙니다. 두려움은 대부분 외부에서 오는 게 아니라 내가 만들어 키웁니다. 불신과 불안에서 생기는 것입니다.
등을 떠밀려서라도 일단 시작하면 두려움은 사라지고 하늘을 나는 기쁨을 맛봅니다.

Day 222

문제의 속성

문제란 잡초와 같아서 무시할수록 더 빨리 자란다.

고대 금언

안 좋은 일은 무시할수록 더 커지는 속성이 있습니다. 문제도 생명력이 있어 자신을 드러내고 싶어 하기 때문입니다. 그래서 힘들고 귀찮은 일일수록 빨리 매듭지어야 합니다.

잡초는 곡식보다 잘 자랍니다. 무시당할수록 생명력은 더 강해집니다. 잡초를 무시했다가는 나중에 밭에 곡식은 보이지 않고 잡초만 무성할 것입니다.

좋은 농부는 잡초의 접근을 근원적으로 막습니다. 잡초가 생기면 즉시 뿌리까지 뽑아 버립니다.

좋지 않은 일이 좋게 끝나는 법 없고 좋은 일이 나쁘게 끝나는 법도 없습니다.

Day 223

주는 마음

오늘 내가 하는 일과 기술 개발이 인류의 삶을 변화시킨다고 생각하면 더없이 흥분되고 에너지가 넘친다.

빌 게이츠

내가 하는 일은 작은 일일 수도 있습니다. 하지만 그 일은 누군가에게 어떻게든 영향을 끼칩니다. 나를 통해 누군가 힘을 얻고 기뻐한다면 그것은 삶의 세계를 깊이 누리는 것이며, 동시에 우주를 변화시키는 것입니다.

내 집 앞을 청소하면 지구 한 모퉁이가 깨끗해지듯이, '주는 마음'을 넓혀 가면 모든 사람이 즐거울 수 있습니다. 망설일 필요가 없습니다. 좋은 것을 많이 나눠 줘서 실패한 회사도, 인생도 없습니다.

나의 노력으로 세상이 변하는 흥분과 설렘을 꼭 경험하십시오.

Day 224

시간 관리자

평범한 사람은 시간을 소비하는 데 마음을 쓰고, 재능 있는 사람은 시간을 이용하는 데 마음을 쓴다.

아르투르 쇼펜하우어

나는 주어진 시간을 소비하고 있는지, 아니면 이용하고 있는지 자주 살펴야 합니다. 내가 하는 일이 남에게 유익을 주거나 창조적인 일이라면 시간을 이용하고 있는 것입니다. 하지만 오직 내 기쁨만을 위해 일하거나 그 일을 통해 발전이 없다면 시간을 소비하고 있는 것입니다.

시간은 본질상 창조를 위해, 상호 기쁨을 위해 존재합니다. 따라서 서로의 사랑과 유익을 위해, 많은 사람의 삶을 아름답게 하기 위해 사용해야 합니다.

시간은 누구에게나 소중합니다. 평범함과 유능함의 차이는 시간을 이용하느냐, 소비하느냐에 달렸습니다.

Day 225

내가 채워야 할 영역

신은 우리에게 호두를 주었다. 그러나 그 껍데기를 까 주지는 않는다.

서양 격언

신과 인간의 관계는 마치 가위와 같습니다. 두 개의 날을 합쳐야 무언가를 자를 수 있습니다.

신은 인간과 함께 일하기를 좋아합니다. 그런데 자유롭고 인격적인 만남을 원합니다.

신은 우리를 종이나 노예가 아니라 사랑과 교제의 대상으로 창조했습니다.

호두나무를 있게 한 것은 신의 영역입니다. 하지만 그 껍데기를 까는 일은 우리가 해야 합니다.

사랑하기 때문입니다. 사랑하면 같이 일하고 싶어집니다.

Day 226

사랑은 사랑을 낳고

사랑은 사랑을 잃을 수 있다는 것을 알면서도 계속하는 것이다.

길버트 키스 체스터턴

사랑의 속성은 계속성을 의심하지 않는 것입니다.
그래서 사랑의 첫 약속은 "내 사랑은 변하지 않을 것이다."입니다. 사랑하는 순간엔 그 말이 진실입니다. 변한다는 생각이 조금이라도 있다면 그것은 이미 사랑이 아니기 때문입니다.
하지만 '변할 것'이라는 불안을 넘어 '잃을 것' 같은 불안이 있습니다.
사랑이 강할수록 잃을지도 모른다는 불안도 커집니다.
그렇습니다. 언젠가 사랑하는 사람도 내 곁을 떠날 것입니다. 그것을 알면서도 사랑은 사랑을 포기하지 않습니다. 사랑이 사랑을 낳으면서 애타게 갈 것을 믿기 때문입니다.

Day 227

판단의 무게

다른 사람을 판단하는 것은 무거운 짐인 반면 다른 사람에 의해 판단받는 것은 가벼운 짐이다.

사막 교부

다른 사람이 나를 판단하면, 그가 내 짐의 반을 져 주는 셈이 됩니다. 그에게도 판단에 따른 책임이 주어지기 때문입니다.

대신 내가 남을 판단하면 그의 짐을 져 주는 셈이 되어 내 짐이 무거워집니다. 나도 그를 책임져야 하기 때문입니다.

남에게 어떤 사람으로 불리느냐는 그렇게 중요하지 않습니다. 각자가 자기 생각대로 판단하고 말할 수 있기 때문입니다.

남의 판단보다 나의 내면의 목소리에 귀 기울여야 합니다. 내 마음 깊은 곳에서 올라오는 소리를 듣고 나를 판단해야 합니다.

Day 228

태양처럼

무수한 별이 서로 의지하며 돌지만, 태양은 포도를 무르익게 하고 있다
마치 다른 할 일은 없다는 듯이.

갈릴레오 갈릴레이

태양은 자신의 힘이 닿는 곳에서 자기가 할 일을 하나도 놓치지 않습니다. 오직 그 한곳만을 위한 듯 성실히 일합니다.
태양은 헤아릴 수 없이 많은 곳에서 헤아릴 수 없이 많은 일을 하지만 어디서나 오직 그 하나만을 위하는 듯 일합니다.
아무리 큰일을 하고 많은 이를 상대하는 사람이라도 한 사람 앞에서는 한 사람이 되어야 합니다.
남편은 아내 앞에서, 아내는 남편 앞에서, 교사는 학생 앞에서, 직원은 손님 앞에서…….
다른 할 일은 없다는 듯이 그 하나에 충실할 때 진정한 관계가 이루어집니다.

Day 229

나도 틀릴 수 있다

내가 진리라며 살지 않았는지!

존 스타인벡

누구 앞에서나 "내가 옳다.", "내 방법이 맞다."라고 말하며 사는 것은 매우 위험한 일입니다.
인간이 자기 허물을 바라보는 것은 쉽지 않고, 특히 그것을 표현하기는 더 어렵지만 냉정하고 겸손하게 자신을 볼 줄 알아야 합니다.
자기만 옳다고 생각하는 것은 일종의 덫과 같습니다. 한 번 걸리면 다른 사람을 비판하고 적대시하기까지 합니다.
내가 옳을 수도 있습니다. 하지만 내가 잘못 알 수도, 옳지 않을 수도 있습니다.
인생이 얼마나 다양한지, 내가 아는 것이 얼마나 적은지 안다면 삶이 한결 가벼워질 것입니다.

Day 230

일관성

최고의 지성이란, 서로 상반되는 생각을 동시에 가지고 있으면서도 행동의 일관성을 유지하는 능력이다.

F. 스콧 피츠제럴드

행동의 일관성, 여기에 능력과 성품이 존재합니다. 이것이 지성이자 인격입니다. 아무리 지성인이라 해도 마음속 생각이 모두 같지는 않기에 일관성 있게 행동하기란 쉽지 않습니다.

'우리 안은 생각의 전쟁터'라고 해도 지나친 말이 아닙니다. 여러 가지 생각이 끊임없이 자기주장을 합니다. '갈까, 멈출까' '이럴까, 저럴까' '여기로 갈까, 저기로 갈까'…….

그럼에도 말과 행동이 한결같은 사람이 있습니다. 삶 자체가 일관된 사람이 있습니다. 그가 바로 최고의 지성인입니다.

Day 231

나만의 이야기

어른이 된다는 것은 '할 이야기'를 갖는 것이다.

카렌 블릭센

사람은 누구나 독특한 삶을 살고, 자신만의 이야기를 만들어 갑니다.
어른이 된다는 것은 남의 이야기만 듣다가 자신의 이야기를 만들기 시작하는 것입니다.
내 이야기는 어떻게 시작하나요? 이 이야기는 앞으로 어떻게 전개될까요? 누군가에게 이 이야기를 들려주면 어떻게 받아들일까요?
들을수록 기쁘고 아름다운 이야기, 나만이 할 수 있는 이야기를 만드십시오. 그 이야기가 바로 나입니다.

Day 232

불행의 시초

어린이를 불행하게 하는 가장 확실한 방법은 무엇이든 손에 넣을 수 있게 하는 것이다.

장 자크 루소

어린아이의 미숙함을 인정해야 합니다. 따라서 어릴 때일수록 절제와 원칙이 필요합니다.
아이의 기를 살려야 한다며 무엇이든 마음대로 하게 하는 것만큼 어리석은 일은 없습니다. 어린아이일 때의 습관이 얼마나 중요한지 모릅니다.
아이의 불행을 원하지 않는다면, 하고 싶지만 하지 말아야 할 일이 있고, 갖고 싶지만 갖지 말아야 할 것이 있음을 분명히 알게 해야 합니다.
이것이 아이의 미래를 가치 있고 행복하게 하는 진정한 사랑입니다.

Day 233

견디는 힘

견디기 힘든 일을 견뎌 내면 그 일을 떠올릴 때마다 유쾌해진다.

루시우스 세네카

인류의 역사가 도전과 극복의 역사이듯이 한 인간의 인생도 시련 극복의 역사라 할 수 있습니다.
어느 하루도 쉽게 지나가지 않습니다. 꼭 일이 생기고 작은 걱정이나마 있게 마련입니다.
그런데도 어려움을 극복하면 나중에는 미소를 머금게 됩니다. 견디기 힘들었던 일일수록 더 소중하고 유쾌하게 느껴집니다.
공기의 저항 때문에 비행기가 뜨듯 삶의 저항이 우리를 깨닫게 하고 날게 합니다.

Day 234

창공으로의 부름

알의 상태일 때는 둥지가 좋다. 그러나 날개가 자라나면 둥지는 더 이상 좋은 곳이 아니다.

작자 미상

날개가 있는 새는 둥지를 좋아하지 않습니다. 그의 보금자리는 창공입니다.

새는 둥지를 지키기 위해서가 아니라 창공을 날기 위해 태어났기 때문입니다.

우리는 머물기 위해 태어나지 않았습니다. 무엇을 지키기 위해 일하지 않습니다.

떠나기 위해, 날기 위해, 자유롭기 위해 일합니다.

부모를 떠나 새 가정을 이루는 모습을 보십시오. 얼마나 아름답습니까. 얼마나 건강하고 설렙니까.

날개가 자란 새는 둥지를 떠납니다.

Day 235

글의 효용성

어떤 문제는 글로 잘 표현하기만 해도 절반은 해결된 것이나 마찬가지다.

찰스 케터링

글로 잘 표현한다는 것은, 그 사안에 대한 자신의 생각이 잘 정리되어 있다는 것을 의미합니다.
글을 쓰다 보면 문제의 본질을 알게 됩니다. 따라서 정제된 글은 무엇이 중요한지 알게 하고, 어떻게 해결해야 할지를 선명히 드러냅니다.
또한 글이란 자신 혹은 타인과의 약속이기 때문에 누구나 은연중에 그것을 지키려고 노력합니다. 그러므로 글은 성장의 밑거름이자 삶을 성숙시키는 좋은 안내서가 됩니다.
따라서 글로 잘 표현한다면 그 문제의 반은 이미 해결된 것이나 마찬가지입니다.

Day 236

참사랑

오직 한 사람만을 사랑하여 나머지 사람에게 무심하다면 그것은 사랑이 아니다. 애착이거나 확대된 이기주의에 지나지 않는다.

에리히 프롬

내 마음에 참사랑이 있다면 한 사람이나 몇몇 사람을 사랑하는 것에 만족하지 않습니다. 사랑이 깊어질수록 사랑의 대상은 넓어집니다.
한 방울의 물이 냇물을 따라 강을 지나 바다가 되듯이 내 사랑도 깊어지면서 시내가 되었다가 강이 되고 결국 바다처럼 넓어져야 합니다.
제한된 사랑은 사랑이 아닐 수도 있습니다. 누군가에 대한 애착이거나 확대된 이기주의일 수도 있습니다.
사랑의 깊은 맛은 넓어질수록 더 강해집니다.

Day 237

후회의 반격

어려운 결단을 내리고 나면 반드시 후회한다. 그 후회를 얼마나 견디느냐가 결단의 성패를 좌우한다.

작자 미상

결단하고 나면 반드시 반대쪽의 공격이 시작됩니다. 실패에 대한 두려움과 불안이 바로 밀려옵니다. '과연 잘한 결정인가.' '더 좋은 방법은 없었는가.' 하면서 미심쩍어합니다. 어떤 결정을 내려도 마찬가지입니다.
그럴 때마다 잘 결정했다고 스스로를 칭찬하며 나아가야 합니다. 힘든 결정인 만큼 더 강하게 믿어야 합니다. 기다리고 노력하면 언젠가 결단의 가치가 빛납니다.
결정은 잘한 것일 수도 있고 잘못한 것일 수도 있습니다. 그러나 그 결정을 어떻게 수용하느냐에 따라 결과는 완전히 다르게 나타납니다.
어떤 사람은 후회 안에서 길을 잃고, 어떤 사람은 후회 안에서도 길을 찾습니다.

Day 238

비밀의 늪

스스로 만들어 낸 비밀만큼 우리를 외롭게 하는 것은 없다.

폴 투르니에

우리 안에 있는 외로움의 본질은 내 안 깊은 곳에 숨겨 둔 나만의 비밀입니다.
사람은 누구나 그런 비밀을 안고 있습니다.
삶의 문제일 수도 있고, 과거의 상처, 미래의 두려움, 남모르는 은밀한 관계일 수도 있습니다.
비밀을 간직하려다 보면 사람들로부터 멀어지고 외로움이 생깁니다. 내가 만든 비밀이기에 그 외로움도 고스란히 내가 감당해야 합니다.
외로움의 비밀이 있다면 아름답게 승화시켜 좋은 이야기가 되도록 발전시키는 것이 좋습니다.

Day 239

공짜는 없다

공짜 치즈는 쥐덫에만 놓여 있다.

러시아 격언

어느 왕이 현자들에게 백성이 꼭 알아야 할, 인생에서 가장 지혜로운 한마디를 찾으라고 명령했습니다.
현자들이 왕에게 고한 마지막 한마디는 바로 이것이었습니다.
"세상에 공짜는 없다."
거저 주어지는 것이 있다면 꼭 거절하십시오. 공짜는 예외 없이 그 사람을 파멸시킵니다. 의존적인 삶은 자신을 남에게 맡기고 사는 것과 마찬가지입니다.
마음은 정직하게 번 돈을 좋아합니다. 노력으로 얻는 것을 좋아합니다. 여기에 자유와 평화, 행복이 있습니다.

Day 240

칭찬하는 기술

칭찬도 배워야 하는 하나의 예술이다.

막스 뮐러

칭찬은 나와 남을 행복하게 하고, 우리 사는 세상을 아름답게 한다는 점에서 하나의 예술입니다. 따라서 예술가가 작품을 위해 반복해서 연습하듯이 칭찬도 배우고 연습해야 합니다.

가장 기본은 상대방을 존중하고 사랑하는 마음입니다. 적절한 내용과 알맞은 타이밍, 부드러운 말씨 등도 배우십시오.

내 입술에 칭찬이 습관으로 자리 잡으면 그 어떤 예술가보다 좋은 영향을 끼칠 것입니다.

내 삶의 작은 부분도 얼마든지 예술이 될 수 있습니다. 그렇기에 나도 예술가입니다.

Day 241

성공의 척도

자기가 하는 일에서 기쁨을 얻는 사람만이 그 일에서 성공했다고 할 수 있다.

헨리 데이비드 소로

성공이란, 내 안에 기쁨이 들어와 행복하다는 생각이 자주 드는 상태를 말합니다. 많이 소유하고 높은 자리에 올랐지만 그 안에 기쁨이 없으면 성공의 대열에 섰다고 할 수 없습니다.

참된 성공자는 감사와 기쁨이 있고, 다른 이들에게 좋은 영향력을 끼칩니다.

따라서 아무리 작은 일이라도 자신이 하는 일을 통해 기쁨을 누리고 다른 사람에게 좋은 영향을 끼친다면 그는 진정으로 성공한 사람입니다.

'성공하고 싶다.'라는 생각을 거두고 '기쁨을 찾고 싶다.'라고 생각하십시오. 그러면 성공도 따라오고 행복도 함께할 것입니다.

Day 242

진정한 소통

자기 눈앞에 있는 걸 본다는 것이 나에겐 어찌 그리 힘든지 모르겠다.

루드비히 비트겐슈타인

눈에 들어온다고 다 보는 것은 아닙니다.
진정으로 본다는 것은 그 사물의 핵심을 꿰뚫는 것이고 그 사물의 본질을 이해하고 존재의 의미를 아는 것입니다.
내 앞에 있는 사람도, 그의 얼굴이나 조건이 아니라 존재 의미와 마음, 삶의 이면을 보아야 진정으로 보는 것입니다.
그래야 소통하고 이해하고 사랑이 시작됩니다.
이것은 귀하지만 힘들고 어려운 일입니다. 본다는 것은 안다는 것을 포함하고, 안다는 것은 이해함을 포함하고, 이해함은 사랑함을 포함하고, 사랑함은 생명을 포함하기 때문입니다.

Day 243

부작용 없는 행복

지나친 행복이 아이를 망칠까 염려하지 말라. 좋은 감성은 행복한 분위기에서 자란다.

존 프랜시스 브레이

아이가 행복하다고 느낀다면 그것으로 충분합니다. 행복감이 아이의 삶을 아름답게 가꾸기 때문입니다.
행복감은 아이를 긍정적이고 지혜롭게 하며 사랑과 감성도 풍부하게 합니다. 다만 어른들이 기다려 주지 못하기 때문에 아이가 불안해하고, 그 불안감이 아이를 해치는 것입니다.
사랑에서 출발한 행복감에는 부작용이 없습니다. 많이 행복해하는 아이가 많이 사랑하는 어른으로 자랄 것입니다. 이런 아이가 아름다운 삶을 만들 것입니다.

Day 244

가장 친구다울 때

친구란 '내 슬픔을 등에 지고 가는 자'라는 뜻이다.

인디언 격언

친구가 가장 친구다울 때는 슬픔을 맞이했을 때입니다. 슬픔을 가누지 못할 때, 심지어 연인마저 떠나도 친구는 끝까지 남아 슬픔을 나눠 지고 같이 인생길을 걸어갑니다. 친구가 곁에 있으면 삶이 가벼워지는 이유가 여기 있습니다.

나이 들수록 친구가 소중합니다. 삶의 여정을 같이하는 동안 이래저래 비슷해진 친구가 날이 갈수록 편해집니다. 어떤 허물도 덮어 주고 어떤 말도 할 수 있고 어떤 짐도 나눌 수 있는 친구가 있어야 합니다. 친구를 귀하게 여기십시오.

오늘은 전화를 하십시오. "친구야!" 하고 불러 보십시오.

Day 245

가치 있는 사람

성공하는 사람이 되려고 애쓰지 말고 가치 있는 사람이 되려고 노력하라.

알베르트 아인슈타인

성공이라는 말이 홍수처럼 범람합니다. 이럴 때일수록 우리는 삶의 의미와 가치가 무엇인지 자주 생각해야 합니다.
얼른 보기에는 성공이 좋은 것 같지만 길게 보면 가치 있는 삶이 더 좋습니다. 낮은 의미의 성공은 생명이 짧고 늘 불안합니다. 그러나 내 이름으로 만들어진 가치는 오래갈수록 빛나고 당당해집니다.
소유나 지위, 명예를 얻는 성공도 나쁜 것은 아닙니다. 단지, 그 안에 어떤 의미와 가치가 들었는지 늘 따져 보아야 합니다. 삶의 가치를 소중히 여기면 성공은 자연스럽게 따라옵니다. 사람들은 성공이 아니라 가치를 더 중요하게 생각하기 때문입니다.

Day 246

기대한 만큼

누군가를 지금의 그만큼으로 대하면 그 상태로 남지만, 성장할 모습에 맞춰 대하면 언젠가 그런 사람이 된다.

요한 볼프강 폰 괴테

사람은 누구나 자신의 이미지를 만들고 그 이미지에 접근하기 위해 노력합니다.
그 이미지는 자신이 만들기도 하지만, 남이 만들어 주기도 합니다.
그에게 어떻게 말하느냐, 그를 어떻게 부르느냐, 그에게 무엇을 기대하느냐에 따라 그는 그렇게 성장합니다. 진심으로 믿어 주고 기대하면 분명 그렇게 됩니다.
사람을 대할 때는 지금의 그가 아니라 미래의 그를 기대하고 상상하면서 대하십시오. 정말 그렇게 변해 가는 그를 보게 될 것입니다.

Day 247

평화를 만드는 감사

감사하는 마음은 다른 사람에게 보내는 감정이 아니라 자기 자신을 위한 평화다.

《논어》

감사는 운동력을 지녔습니다. 누군가에게 표현하는 감사는 그 사람을 기쁘게 하고 돌아와 나를 평화롭게 합니다. 감사하는 마음이 없으면 사는 동안 결코 마음에 평화가 찾아오지 않을 것입니다. 감사가 없으면 행복도 찾아오지 않고 희망도 외면합니다.

감사는 저절로 주어지지 않습니다. 의지를 갖고 찾으며 나누고 행해야 합니다. 그래야 감사가 주는 진정한 평화를 맛볼 수 있습니다. 감사는 다른 사람에게 보내는 감정이면서 나를 평화롭게 하는 가장 쉽고 빠른 길입니다.

Day 248

긍정의 씨앗

한 알의 씨앗이 하늘을 찌르는 큰 나무로 자라는 것을 보라. 행복이나 불행, 성공이나 실패도 작은 일에서 싹튼다.

랠프 월도 에머슨

행복도 자라고 불행도 자랍니다. 작은 일에 충실하면 큰일에 대한 두려움이 없어지고, 작은 일에 불평하면 아무것도 아닌 일도 불행의 시초처럼 느껴집니다.
길가에 핀 꽃을 보고 기뻐하는 사람은 친구의 작은 웃음 하나, 생각보다 빨리 온 버스에도 행복과 성공을 예감합니다. 하지만 다른 이의 별 의미 없는 눈짓 하나에도 불안해하는 사람은 승진을 해도 편치 않고 어둡습니다.
내 마음 밭에 긍정의 씨앗을 뿌리십시오. 그러면 성공하고 행복해집니다.

Day 249

지금 하라

'나중에'라는 길을 통해서는 이르고자 하는 곳에 결코 이를 수 없다.

스페인 격언

'나중에'라고 미루는 길이 얼마나 위험한지 안다면 결코 그 길을 걷지 않을 것입니다. 그 길은 없을 수도 있고 변할 수도 있고 막힐 수도 있습니다. 나를 절망과 좌절, 불평과 불신의 늪으로 밀어 넣기도 합니다.
'지금 바로'의 길은 그렇지 않습니다. 이 길을 걸으면 처음에는 힘든 것 같지만 곧 즐겁고 아름답습니다. 또한 생각보다 빨리 목적지에 닿습니다.
지금 해 버리면 좋습니다. 걱정이 사라지고 여유가 생기고 자유롭습니다. 지금 하면 자신을 신뢰하고 남을 부드럽게 대할 수 있습니다.
'나중에' 길에서 벗어나 '지금 바로'의 길로 오십시오. 발걸음이 한결 가벼워질 것입니다.

Day 250

보수 작업

지붕을 성글게 이으면 빗물이 새듯 마음을 조심히 간직하지 않으면 탐욕이 곧 뚫고 만다.

《법구경》

마음에도 비가 샐 수 있습니다.
내 마음이 나를 지켜 주리라 믿지만, 잘 관리하지 않으면 탐욕의 구멍, 교만의 구멍, 불평의 구멍이 생겨 좋은 생각이 슬슬 빠져나갑니다.
매일 신발 끈을 조이듯 마음도 아침마다 조여야 합니다. 그렇지 않으면 신발에 모래가 들어오듯 유혹이 들어와 삶을 힘들게 합니다.
우리 마음이 얼마나 얇고 쉽게 흔들릴 수 있는지 알아야 합니다. 늘 조심하면서 새롭게 다져야 합니다. 깨끗하고 아름답게 가꾸어야 합니다.

Day 251

아직 부르지 않은 노래

옛날이 좋았다고들 말하지만 오늘이 더 좋습니다. 우리의 가장 위대한 노래는 아직 불리지 않았습니다.

허버트 험프리

그렇습니다. 가장 위대한 노래는 아직 불리지 않았습니다. 우리는 계속 성장하며 더 나아지고 있습니다. 옛날이 좋았다고 생각하는 것은 그때 누린 즐거움 때문입니다. 하지만 그때는 위대하지 않았습니다.

옛날과 지금을 비교해 보십시오. 외부 환경을 이해했고, 내 안의 것이 많이 정리되었으며, 생활은 질서를 잡았습니다. 이제부터는 어떻게 살아야 할지도 알고 있습니다.

그리고 우리는 앞으로 더 성장하고 성숙할 것입니다. 더 좋은 시인이 되고, 더 따뜻한 선생님이 될 것이며, 더 멋진 농부가 되고, 더 훌륭한 기업인이 될 것입니다. 나의 위대한 이야기는 오늘부터 시작입니다.

Day 252

내려놓음

지식을 구할 때는 날마다 뭔가를 얻으나 지혜를 구할 때는 날마다 뭔가를 내려놓는다.

노자

지식을 구함은 나를 채우기 위함입니다. 더 높은 곳으로 올라가고 더 멀리 가기 위함입니다. 하지만 그 길은 끝이 없습니다. 아무리 채워도 부족합니다.
하지만 지혜를 구할 때는 뭔가를 계속 내려놓아야 합니다. 가진 것을 내려놓고 마음을 낮추어야 합니다. 그러면 자유롭고 순수해집니다.
그때 비로소 삶이 보입니다. 이것이 지혜입니다.
지식으로 지혜를 얻기보다 지혜로 지식을 얻어야 합니다. 그러면 지식도 아름다워집니다.
내려놓음에서 오는 마음의 충만을 경험해 보십시오. 세상이 내 앞에 무릎을 꿇고 백기를 들 것입니다. 그때 기쁨과 평화가 날개를 펼 것입니다.

Day 253

사랑이 있으면

모든 아름다움에는 사랑이 있다.

플라톤

누군가가 어떤 사물에서 아름다움을 느낀다면 그 안에 사랑이 있기 때문입니다.
그 안에 사랑이 있는 것은 다 아름답습니다.
이렇게 사랑과 아름다움은 늘 함께합니다.
우리가 어떤 물건을 아름답게 만들고 싶다면 그 안에 사랑을 넣으면 됩니다. 예술도 그렇고 사람도 마찬가지입니다.
신은 모든 자연과 인간을 사랑으로 만들었습니다.
그렇기에 모두가 소중하고 아름답습니다.

Day 254

상처 받은 만큼

상처 입은 애정만큼 인간에게 진실을 보여 주는 고통은 없다.

드니 아미엘

'상처 입은 애정!' 이 말은 아주 낭만적인 것 같습니다. 하지만 이것이야말로 진정한 고통이라 할 수 있습니다. 그리고 이 고통은 진실을 담고 있기에 고통이 클수록 인간은 성숙합니다.
적게 사랑하면 적게 상처 받습니다. 깊이 사랑하면 깊게 상처 받습니다. 진실하고 절실하게 사랑하면 그만큼 고통도 절실하고 매섭습니다.
우리가 진실한 사람이라면 사랑의 고통이 있을 것입니다. 그리고 이 고통은 우리를 새로운 삶의 지경으로 안내할 것입니다.

Day 255

시간의 힘

무언가를 잊으려는 것도 결국은 그것을 생각하는 것이다.

프랑스 격언

잊으려고 애쓸수록 잊히지 않습니다. 무언가를 잊어버리고 싶다면 차라리 그대로 두고 시간에 맡기십시오. 시간은 망각의 힘뿐 아니라 회복과 치유의 힘도 지니고 있습니다.

무언가를 잊으려고 노력하기보다 오히려 새로운 것에 관심을 가지십시오. 새로운 것으로 마음을 채우면 자연스럽게 옛 생각이 밀려납니다. 그러는 사이 시간이 부드러운 손길로 나를 어루만져 줄 것입니다.

시간만큼 많은 문제를 해결해 주는 해결사는 없습니다. 시간의 힘 앞에서 겸손하면 잊히면서 회복되고 포기하면서 치유됩니다.

Day 256

사람을 만드는 길

독서는 완성된 사람을 만들고 담론은 재치 있는 사람을 만들며 쓰기는 정확한 사람을 만든다.

프랜시스 베이컨

독서를 많이 하면 마음이 깊어지고 생각이 풍성해집니다. 독서는 사람의 마음을 성숙시키고 생각을 열어 주기 때문입니다.

담론을 즐기면 재치 있는 사람이 됩니다. 순간순간 재치를 발휘해야 하기 때문입니다.

글쓰기는 사람을 정확하게 만듭니다. 쓴다는 것은 정리하여 핵심을 드러내는 일이기 때문입니다.

독서로 얻은 깊은 마음과 풍성함이 쓰기로 연결되면 그 정확함과 치밀함으로 많은 사람에게 좋은 영향을 미칠 것입니다.

Day 257

사랑합니다

축복받은 사람은 항상 다른 사람을 축복합니다. 누군가를 격려하고 "사랑합니다."라고 말합니다.

헨리 나우웬

축복받고 있다고 여기는 사람이 다른 사람을 축복합니다. 사랑을 많이 받아 행복한 사람이 다른 이를 사랑합니다.

미움 받고 있다고 생각하면 남을 미워합니다. 자신에 대해 불평하는 사람은 남을 잘 비난합니다.

오늘 해야 할 일은, 사랑받고 있음에 감사하며 누군가에게 "사랑합니다."라고 그 사랑을 전하는 것입니다.

이 사랑의 축복은 누군가에게 설명할 수 없는 큰 힘이 될 것입니다.

"사랑합니다." 이 한마디를 가슴에 품고 살면 인생은 언제나 봄날입니다.

)ay 258

눈물을 통해

}원경보다 눈물을 통해 더 멀리 볼 수 있다.

조지 고든 바이런

눈물은 마음의 눈을 밝게 합니다. 눈이 밝아지면 멀리 까지 볼 수 있습니다.
아픔과 슬픔은 우리를 멀리, 넓게, 깊게 보게 합니다.
눈물을 흘릴 때마다 우리의 고집과 이기심과 교만은 하나씩 깨어져 나갑니다. 그때마다 마음은 넓어지고 생각은 깊어집니다.
그래서 우리는 눈물에 젖은 빵을 먹어 보지 않은 사람은 삶의 깊이와 넓이가 부족하다고 말합니다.
눈이 밝으면 멀리 볼 수 있듯 눈물을 통해 마음이 밝아 지면 일과 관계와 삶의 끝이 보입니다.

Day 259

우리 몸의 신비

우리 몸의 모든 세포는 내면의 대화를 엿듣고 있다.

디팩 초프라

우리 몸은 내면의 대화를 들으면서 춤추기도 하고, 긴장하기도 하고, 무기력해지기도 합니다.

우리 몸은 내가 입으로 하는 말의 영향을 받을 뿐 아니라 안에 숨기고 있는 말까지 듣습니다.

우리가 긍정적인 대화, 좋은 생각을 해야 하는 이유가 여기에 있습니다.

처음에는 생각이 몸을 지배하지만 나중에는 몸이 생각을 움직입니다. 그러니 먼저 내면의 대화를 밝고 따뜻하고 부드럽게 하십시오. 사랑이 담긴 말, 정직한 말, 당당한 말, 감사의 말을 하십시오. 삶은 아름답다, 나는 좋은 사람이라고 말하십시오. 그러면 내 몸의 모든 세포가 좋아서 춤출 것입니다.

Day 260

출발한 곳으로

우리는 우리가 출발한 곳에 다시 도착한다. 그리하여 그것을 처음 본 것처럼 새롭게 인식한다.

토머스 엘리엇

그래도 삶이 괜찮고 인생이 지루하지 않은 것은 예전에 본 것을 다시 보아도 새롭기 때문입니다. 아는 것을 다시 듣거나, 했던 일을 다시 할 때에도 새로움이 느껴집니다. 이것은 우리를 위한 신의 배려 아닐까요?

아이가 말을 배울 때 한꺼번에 말귀가 터집니다. 마치 커튼을 젖히면 빛이 방으로 한꺼번에 쏟아지듯이.

우리는 그것들을 다시 만나야 합니다. 그 의미와 깊이를 새롭게 인식하고 그것의 가치를 다시 알아야 합니다. 그래야만 삶이 풍성해집니다.

출발한 곳으로 돌아간다고 부끄러워할 필요는 없습니다. 어린아이같이 순결하고 단순해질 때 우리는 건강해집니다.

Day 261

나쁜 생각

잘못된 생각을 바꾸지 않는 것은 고여 있는 물과 같다.

윌리엄 블레이크

잘못된 생각은 우선 자신의 마음을 불편하게 합니다. 마음은 정직하기 때문에 내 생각이 좋은지 나쁜지 다 압니다.
잘못된 생각인 줄 알면서도 그것을 마음에 두고 있으면, 그 생각이 마음을 아프게 하다가 나중에는 마음 밭을 황폐하게 만듭니다. 물이 흐르지 않고 고여 있으면 냄새가 나고 썩듯이 말입니다. 나쁜 생각도 자라서 나쁜 열매를 맺습니다.
잘못된 생각을 내 마음의 집에 머물지 못하게 해야 합니다. 나쁜 생각을 몰아내는 방법은 내 마음의 집을 좋은 생각으로 채우는 것입니다.
그러면 생명의 삶을 살 수 있습니다.

Day 262

자신을 주어라

뭔가를 내주어야 한다면, 바로 자신을 주어라.

월트 휘트먼

다른 사람에게 뭔가를 주고 싶다면, 자신을 주어야 합니다. 자신의 정성과 마음을 다 줄 때, '이것이 나'라고 말할 수 있는 것을 줄 때야말로 참선물이 됩니다.
일을 하든지, 가르치든지, 공부를 하든지, 연애를 하든지 마찬가지입니다. 타인의 것을 적당히 주는 게 아니라 자신을 모두 주어야 합니다. 그때 기적이 일어납니다.
우리가 남에게 줄 것은 많지 않습니다. 오직 하나, 나 자신입니다.

Day 263

정말 소중한 것은

정말 알아야 할 것은 아무도 가르쳐 주지 않는다.

오스카 와일드

정말 소중한 것들은 스스로 터득합니다. 말문이 열리고, 키가 자라고, 사랑을 하고, 고통도 받아들이고, 아름다움을 느끼는 것은 누가 가르쳐 주지 않습니다. 스스로 느끼고 깨달으며 가슴에 쌓여 갑니다.
그것들은 아무도 모르는 사이 우리의 생각과 말과 행동에 스며들어 성품이 되고 인격이 되며 자신의 이름이 됩니다.
좋은 생각을 하면 좋은 관계와 좋은 경험을 사모하게 됩니다. 그러한 사모함이 그 사람을 성숙시키고 행복하게 합니다. 가랑비에 옷이 젖듯 어느 사이엔가 내면도 사랑과 진실에 젖어 듭니다.

Day 264

선택과 포기

아주 오랫동안 뭍을 보지 못한다는 것을 받아들일 마음이 없는 사람은 신대륙을 발견하지 못한다.

앙드레 지드

항해를 한다는 것은 육지를 떠나는 것입니다. 그리고 오랫동안 육지를 보지 못한다는 뜻입니다.
하나의 목표를 이루기 위해서는 다른 많은 것을 떠나고, 보지 않고, 잊을 줄 알아야 합니다.
이것저것 다 갖고 누리려 하면 하나도 온전히 가지거나 누릴 수 없습니다.
소중한 하나를 택하면 다른 것은 내려놓을 줄 아는 것이 지혜입니다.
하나의 목표에 다가섰을 때 만나는 기쁨은, 그것을 위해 놓아 버린 것들에 대한 아쉬움을 보상하고도 남습니다.

Day 265

어머니의 품

온갖 실패와 불행을 겪으면서도 인생의 신뢰를 잃지 않는 낙천가는 대개 훌륭한 어머니 품에서 자랐다.

앙드레 모루아

어머니의 사랑은 개인을 넘어 좋은 시대를 만듭니다. "그 시대가 어떤 시대였는지 알고 싶다면 그 시대의 어머니를 보라."라는 말이 있습니다.
고통 속에서도 긍정적인 마음으로 세상을 보는 사람은 누군가로부터 그런 영향을 받았기 때문인데 대부분 어머니로부터입니다. 어머니의 사랑과 신뢰 덕분에 어느새 그런 사람이 된 것입니다.
어머니의 사랑은 본질적으로 삶을 놓치지 않게 합니다. 언제나 삶을 향해 있습니다.

Day 266

최선의 길

삶을 사랑하는 최선의 길은 사랑하는 것이다.

빈센트 반 고흐

삶이란 생명을 갖는 것이고, 한 사람 한 사람이 품는 희망의 역사입니다. 그로 말미암아 이 세상에 가치를 더하는 것입니다. 삶은 누구 것이든 엄숙하고 소중합니다.

이 삶을 아름답게 하는 최선의 길은 많은 것을 사랑하는 것입니다. 많이 사랑하는 사람이 풍성하고 아름다운 삶을 살아갑니다.

삶의 결론은 그다지 복잡하지 않습니다. 우리 안에 사랑이 있다면 우리는 이미 승리하고 성공한 사람입니다. 아침마다 사랑의 인사를 나눌 때 우리는 최상의 삶을 사는 것입니다.

Day 267

젊어지려면

젊어지는 데는 오랜 시간이 걸린다.

파블로 피카소

늙는 것보다 젊어지는 데 더 오랜 시간이 걸립니다.
새로움, 용기, 자유, 단순, 정직, 순수, 정의, 모험…….
이런 것들은 인생을 두루 둘러본 다음 얻을 수 있는 미덕이기 때문입니다.
인생의 참가치를 일찍부터 알고 가꾸어 가면 얼마나 좋겠습니까만, 대부분의 사람은 나이가 들고 나서야 그것을 깨닫고 다시 젊어지려 합니다.
그래서 늙는 것은 아무 노력 없이 자연스럽게 진행되지만 젊어지려면 더 많은 노력과 깊은 용기가 필요합니다.

Day 268

머리가 아닌 가슴으로

삶의 애착 이외의 다른 것은 쓰지 않으렵니다. 그것도 내 마음 내키는 대로 엮어 가렵니다.

알베르 카뮈

글은 삶을 사랑하는 마음으로 써야 합니다.
자신의 삶을 아끼고 다른 사람의 삶을 사랑하는 마음으로 글을 쓰면 누구나 좋은 글을 쓸 수 있습니다.
글만이 아닙니다. 어떤 물건이라도 이런 마음으로 만들면 명품이 됩니다.
머리가 아닌 가슴으로 일하십시오. 머리로 일하면 머리가 아프지만 가슴으로 일하면 마음이 행복해집니다.
내 사랑의 노력이 누군가를 기쁘게 한다는 생각이 우리 가슴에 스며들면, 그때부터는 일도 세상도 나도 즐거워집니다. 이것이 행복입니다.

Day 269

현재의 꿈

길을 찾지 못했을 때 우리에게 필요한 것은 꿈이다. 미래에 대한 꿈이 아니라 현재에 대한 꿈이다.

루쉰

길이 보이지 않을 때는 꿈부터 찾아야 합니다. 그런데 그 꿈은 먼 미래를 향한 꿈이 아니라 지금 당장 나를 일으켜 세울 수 있는 오늘의 꿈이어야 합니다.
현재의 꿈이란, 앞으로 한 발 내딛는 용기이고 삶에 대한 정직하고 성실한 자세입니다.
지금의 자신을 돌보고 가꾸십시오. 그러면 길이 보일 것입니다.
그렇게 하루하루 성실히 살면 미래가 보입니다. 길이 열립니다.

Day 270

한 방향으로

하늘과 땅에 있어서 본질적인 것은 한 방향으로 꾸준히 순종해야 한다는 것이다. 그렇게 함으로 생기는 결과는, 언제나 결국 도달했던 결과는 인생이 가치 있어진다는 것이다.

프리드리히 니체

인생을 가치 있게 살고 싶다면 자신이 옳다고 여기는 방향으로 꾸준히 가야 합니다. 우리의 마음과 생각이 자주 바뀐다 해도 방향만은 늘 한 방향이어야 합니다. 이러한 소명에 대한 순종이 없으면 우리 인생은 의미와 가치를 잃습니다.

이 세상에는 꼭 자신이 해야 하는 일이 있습니다. 이것이 소명입니다. 그것이 학문이든, 기술이든, 농사든, 청소든, 교육이든, 운동이든, 예술이든, 나무 심기든……. 한 방향으로 오랫동안 꾸준히 하다 보면 어느새 자신의 인생이 어떤 가치를 지님을 알게 될 것입니다. 한 사람의 인생은 그가 걸어온 길을 통해 가치가 결정됩니다.

Day 271

끝까지 지켜 주는 것

즐거운 추억이 많은 아이는 삶이 끝나는 날까지 안전하다.

표도르 도스토옙스키

일상에 즐거움이 있다면 우리 인생은 안전합니다.
도스토옙스키는 즐거운 추억이 많은 아이는 '행복하다'고 말하지 않았습니다.
삶이 끝날 때까지 안전할 조건은 어린 시절의 즐거움이라고 말했습니다.
모든 즐거움은 우리를 삶의 편에 붙들어 줍니다.
우리에게는 어린 시절의 즐거운 추억이 있습니다. 밝음과 맑음, 기쁨과 사랑, 희망과 호기심, 따뜻함과 포근함, 아름다움과 놀라움, 단순과 순수……. 이러한 추억이 날마다 찾아오는 고통과 아픔을 극복하게 합니다.
존 스타인벡은 말했습니다. "좋은 것은 사라지지 않는다." 좋은 것은 끝까지 남아 그 사람을 돕습니다.

Day 272

진정한 위로

다른 사람을 위로할 때는 어느 누구의 머리도 아프지 않다.

인도 격언

위로가 필요할 때 위로받는 것은 좋은 일입니다. 자신의 아픔을 솔직하게 드러내고 위로받으면 반드시 새 힘을 얻습니다.
위로가 필요한 사람을 위로하는 것도 좋은 일입니다.
진심으로 위로하면 그 사람의 상처가 아물고 희망이 생깁니다. 진정한 위로는 받는 사람과 주는 사람 사이에 큰 신뢰를 만듭니다.
강할 때보다 약할 때, 잘될 때보다 안 될 때, 웃고 싶을 때보다 울고 싶을 때 더 깊은 감동을 받습니다.
철학자 몽테뉴는 "고결한 사람은 다른 사람의 선함을 믿는다."라고 했습니다. 서로 위로하고 위로받는 것은 서로의 선함을 믿기 때문입니다.

Day 273

고정 관념

고정 관념이란 가슴에서 우러난 생각이 아니라는 뜻이다.

작자 미상

머리는 자기중심적이어서 한길로만 달리려 하지만, 가슴은 호기심이 많아 여기저기 기웃거리기를 좋아합니다. 가슴은 부드럽고 따뜻하여 사람들의 이야기에 귀 기울일 줄 압니다.
늘 유연하게 생각하고 마음의 여유를 가지십시오. 머리의 계산보다 가슴의 이야기를 즐겨 들으십시오. 그래야 내 가슴이 숨을 쉬고 삶이 흥미로워집니다.
삶이 메마르거나 딱딱해지지 않도록 늘 애쓰십시오. 삶에 가뭄이 들면 내 생각이 고정되어 있지 않은지 생각해 보십시오. 그리고 단비를 구하십시오.

Day 274

삶은 슬픔을 넘어

삶은 슬픔보다 거대하고 위대하다.

토마스 칼라일

살다 보면 누구나 슬픔과 아픔을 겪습니다.
그땐 그 슬픔이 너무나 크고 강해 보입니다. 삶을 통째로 삼킬 것 같습니다.
하지만 강물이 바위를 넘어 유유히 흘러가듯 삶도 슬픔을 넘어 흘러갑니다. 슬픔은 때가 있지만 삶은 끝까지 지속됩니다.
어떻게 그동안의 삶에 슬픔과 아픔이 없을 수 있겠습니까? 다시 힘을 내십시오.
삶은 기쁨과 슬픔, 사랑과 괴로움, 절망과 희망을 알고 흐르기에 소중하고 아름답습니다. 그래서 삶은 누구에게나 위대합니다.

Day 275

진정한 책 읽기

책 읽는 사람은 의무가 아니라 사랑의 길을 걸어야 한다. 명작이라고 해서 억지로 읽는 것은 잘못이다. 독서는 사랑에서 시작해야 한다.

헤르만 헤세

책은 사랑할 때 가장 쉽고 가깝게 다가옵니다. 책을 읽을 때는 내가 나서면 안 됩니다. 나는 작아지고 책이 커져야 합니다. 나는 조용해지고 글이 속삭여야 합니다. 이것은 책을 향한 사랑이 있을 때 가능합니다.

책을 읽을 때는 글뿐 아니라 작가도 사랑해야 합니다.

그러면 책은 모든 것을 내 앞에 내놓습니다.

책 읽기도 하나의 인격적인 만남입니다. 의무감이나 자랑으로 삼기 위해 책을 읽으면 안 됩니다. 진정한 책 읽기는 책을 사랑하는 마음에서 출발해야 합니다.

Day 276

두려움이라는 허상

오직 한 가지 두려워해야 할 일은 두려움, 그 자체다.

- 프랭클린 루스벨트

두려움이 없는 사람은 한 사람도 없습니다. 누구나 두려움을 안고 있습니다.
하지만 그 많은 두려움이 과연 우리에게 어떤 의미인지 생각하면 정말 두려워할 일은 그리 많지 않습니다. 두려움 대부분은 걱정이고 일시적이며 욕심에서 오기 때문입니다.
하지만 두려움이 우리 마음에 이미 자리 잡고 있다면 큰일입니다. 그것이 우리의 현재와 미래를 무력화시키기 때문입니다.
두려워하지 마십시오. 두려움은 하나의 허상입니다. 사랑이 두려움보다 강하고 작은 희망이 큰 절망을 이깁니다.

Day 277

마음속 아름다움

마음속에 아름다움이 없다면 온 세상을 두루 헤매도 그것을 찾을 수 없다.

랠프 월도 에머슨

아름다운 자연을 보고 싶다면 떠나기 전에 마음부터 아름답게 해야 합니다. 자연은 마음이 아름다운 사람에게만 제 모습을 보여 주기 때문입니다.
사람에게서 아름다움을 느끼고 싶다면 누구를 만나기 전에 내 마음부터 부드럽고 따뜻하게 만들어야 합니다. 그래야 아름다운 사람을 알아볼 수 있습니다.
음악을 들어도, 그림을 보아도, 글을 읽어도, 영화를 보아도, 일을 시작해도 마찬가지입니다.
먼저 내 마음이 아름답지 않으면 누구를 만나도, 어떤 것을 보아도 아름답지 않습니다.
사람은 누구나 자신의 마음의 창을 통해 세상을 봅니다.

Day 278

내 삶의 모습

성공한 인생의 증거는 업적이나 재물과 상관없다. 다른 사람들에게 어떤 영향을 주었는가에 있다.

대니 토머스

성공이란 이룬 업적이나 가진 소유가 아닙니다. 타인에게 보여 준 내 삶의 모습입니다.
삶으로 증명한 아름다움이며, 그 아름다움이 다른 사람들에게 다다른 영향력입니다.
얼른 보기에는 사람들이 내 말이나 업적을 보고 따르는 것 같지만, 실제로는 내 삶에 끌립니다.
업적이나 재물은 흘러갑니다. 하지만 삶으로 보여 준 영향력은 내 이름과 함께 오래오래 빛날 것입니다.

Day 279

자기 존중

자신을 존중하는 사람은 타인으로부터 안전하다. 그는 누구도 뚫을 수 없는 갑옷을 입고 있다.

헨리 워즈워스 롱펠로

자신을 자랑하는 것은 교만이지만 자신을 존중하는 것은 미덕입니다. 자신을 아끼고 발전시키며 자기 이름의 열매를 맺는 것은 행복의 기본이자 기쁨의 원천입니다. 자기 자신을 존중하고 좋아하면 다른 사람이 함부로 하지 못합니다. 사랑받는 존재에게는 그 나름의 품위와 권위가 생기기 때문입니다.

자신의 마음을 아끼고 몸을 건강하게 돌보십시오. 자신의 몸과 마음을 함부로 내놓지 마십시오. 귀한 것은 소중히 여겨야 합니다. 천하보다 소중한 내 몸과 마음, 내가 보살펴야 합니다.

자신을 믿고 존경할 때 어떻게 살아야 할지에 대한 답도 나옵니다.

Day 280

비밀의 해방

우리의 비밀을 해방시킬 우정.

챗 베이커

우정은 서로에게 있는 비밀을 해방시켜 줍니다. 여기에 삶의 큰 의미가 있습니다.
누구에게나 비밀은 있고 그것을 말할 누군가를 계속 찾고 있으니까요. 우리는 기회만 있으면 자신을 보이고 싶어 안달합니다.
그런데 묘하게도 연인도 가족도 아닌 오직 친구, 우정이 그것을 가장 잘 받아들입니다.
모든 비밀은 공감의 세계가 넓은 사람을 통해 해방됩니다. 친구가 그렇습니다. 오래된 친구만큼 공감의 세계가 넓은 사람은 없습니다.

Day 281

더 높은 곳을 향해

항상 내가 완성할 수 있는 것 이상을 바라고 있음을 용서하십시오.

미켈란젤로 부오나로티

우리는 바라는 것만큼 성장합니다. 내가 할 수 있는 수준 이상을 기대치로 잡으면 기대치에는 못 미치더라도 능력 이상을 이루어 냅니다.
능력이란 이렇게 이상을 따라 제자리에 머물기도 하고 자라기도 합니다.
내 능력 이상을 바라는 것은 때로 자신과 주변 사람들에게 가혹한 일이기도 합니다.
하지만 우리는 늘 먼 곳, 더 높은 곳에 이상을 두어야 합니다. 누군가에게 용서를 구해야 할지라도.

Day 282

도움의 법칙

다른 사람에게 도움을 준 사람은 자신에게 가장 큰 선물을 준 것과 같다.

루시우스 세네카

남에게 도움을 주면 예기치 않은 기쁨과 자신감이 찾아옵니다.
사람은 남을 진심으로 도울 때 가장 빨리 성숙합니다.
내 이익이 아니라 다른 사람의 필요를 채워 줄 때 진정한 삶의 의미를 깨닫습니다. 어떤 보답도 바라지 않았을 때 나에게 돌아오는 선물은 더 크고 값집니다.
남을 돕는 행위는 본질적으로 사랑에 닿아 있기 때문입니다.
그 사랑은 남을 움직이고 결국에는 나에게로 돌아와 나를 가치 있게 하고 행복하게 합니다.
남을 돕는 것은 결국 나를 돕는 것입니다.

Day 283

내게 절실한 것

무엇을 알아야 하는가보다 무엇을 해야 하는가를 뚜렷하게 정립하는 것이 절실하다.

쇠렌 키르케고르

많이 아는 것은 좋은 일입니다.
그 지식을 토대로, 해야 할 일을 뚜렷이 정립하는 것은 더 좋은 일입니다.
그리고 해야 할 일을 확실히 행하는 것은 그보다 더 좋은 일입니다.
아는 것에만 머무르면 안 됩니다. 내 삶 가운데 절실하게 마주할 자신만의 일을 찾아야 합니다. 그리고 그 일을 하십시오. 그러면 곁의 사람들뿐 아니라 모르는 사람까지 달려와 도울 것입니다.

Day 284

미래를 보는 창

사람의 눈은 그가 현재 어떻다는 인품을 말하고, 사람의 입은 그가 무엇이 될 것인가를 말한다.

막심 고리키

사람의 눈과 입은 참 중요합니다. 눈과 입을 통해 그 사람의 현재와 미래를 읽을 수 있기 때문입니다.

사람의 눈은 마음의 창이라고 합니다. 눈에는 그 사람의 마음이 나타납니다. 눈을 보면 그 사람의 품격이 보입니다. 눈이 분명하면 삶이 분명하고 눈이 맑으면 삶이 맑습니다.

사람의 입은 그의 의지와 능력을 보여 줍니다. 그 입에서 나오는 말을 자세히 들어 보십시오. 사용하는 단어나 내용, 강약, 표정, 진정성을 살펴보면 그 사람의 앞날을 예측할 수 있습니다.

오늘 어떤 말을 하느냐가 내일 어떤 사람이 될 것인지를 결정합니다.

Day 285

싸움의 승자

두 사람이 싸울 때 먼저 싸움을 포기하는 자가 더 고상한 사람이다.

헤르만 헤세

싸움은 먼저 포기하는 사람이 강한 자입니다. 약한 자는 자신의 약함을 감추기 위해 끝까지 포기하지 않으려 합니다. 그러나 강한 자는 아무것도 두렵지 않기 때문에 포기할 수 있습니다.

싸움은 어느 경우에도, 누구에게도 이롭지 못합니다. 싸움을 하면 당장에는 얻는 게 많은 것 같지만 결국엔 잃는 것이 더 많습니다. 싸움을 하면 상대가 아니라 자신의 내면이 먼저 황폐해지고 초라해지기 때문입니다. 싸움을 하면 다른 사람들이 자신을 용감한 사람으로 여길 것 같지만 이것은 착각입니다.

참용기는 다툼을 포기하고 화평을 찾는 것입니다.

Day 286

진실은 단순하다

거짓에는 무한한 조합이 있지만 진실의 존재 방식은 하나뿐이다.

장 자크 루소

참된 삶의 방식은 단순하고 쉽기에 누구나 그 방식을 알고 있습니다.
그런데도 욕심과 이기심이 우리의 생각과 삶을 복잡하게 만듭니다.
길을 잘못 들어 거짓의 세계에 한 번 들어서면 빠져나오기가 쉽지 않습니다. 그곳은 복잡하고 여러 가지 일이 서로 얽혀 있기 때문입니다.
하지만 진실은 복잡하지 않고 단순합니다. "서로 사랑하라." 이 하나만 붙들고도 얼마든지 잘 살 수 있습니다. 진실한 삶이란, 그 하나가 선명하게 드러나는 삶입니다.

Day 287

나이 든다는 것

나이는 아무런 의미가 없다. 제일 좋은 곡은 가장 오래된 바이올린으로 연주한다.

지그문트 엥겔

나이 든다는 것은 무언가가 내 곁을 떠난다는 뜻이 아니라 무언가를 더 쌓았다는 의미입니다.
삶의 질곡을 지나는 동안 그 안에는 수많은 이야기가 쌓이고 지혜가 고입니다.
힘과 기술로 연주하던 시절을 지나 사랑과 고백으로 연주하기까지는 많은 시간이 걸립니다. 나이 든 분들이 품고 있는 오래된 것의 소중함과 아름다움은 하루아침에 만들어진 것이 아닙니다.
그래서 바이올린은 오래될수록 깊고 좋은 소리를 냅니다.

Day 288

달과 손가락

누군가 달을 가리킬 때 어리석은 자는 손가락을 바라본다.

티베트 격언

누군가가 나무를 볼 때 누군가는 숲을 보고, 누군가가 숲을 볼 때 누군가는 산을 보고, 누군가가 산을 볼 때 누군가는 산맥을 봅니다.
누군가가 강을 볼 때 누군가는 그 끝에 펼쳐진 바다를 떠올리고, 누군가가 바다를 볼 때 누군가는 지구와 우주를 생각합니다.
누군가가 오늘의 현상만 바라볼 때 누군가는 미래를 그려 보고, 누군가가 미래를 그릴 때 누군가는 영원을 생각합니다.
현명한 사람은 멀리 넓게 보고 어리석은 사람은 가깝고 좁게 봅니다. 현명한 사람은 깊고 높게 보고 어리석은 사람은 얕고 낮게 봅니다.

Day 289

자연의 선물

보고 이해하는 기쁨은 자연이 준 가장 위대한 선물이다.

알베르트 아인슈타인

우리는 자연을 눈으로 보고 마음과 생각으로 이해할 때 큰 기쁨을 얻습니다.
이것은 자연이 우리에게 준 위대한 선물입니다.
우리는 여기에서 과학과 역사를 알며, 시를 쓰고, 예술을 탄생시킵니다.
단순히 보는 게 아니라 그 안에 스민 여러 가지 관계와 특성, 지혜를 깨닫는 것은 얼마나 흥미진진한 일인지 모릅니다. 자연 안에 있는 비밀을 발견할 마음이 없다면, 우리 삶은 참으로 삭막하고 쓸쓸할 것입니다.

Day 290

인내하는 사람

인내를 지닌 사람은 바라는 것이 무엇이든 손에 넣을 수 있다.

벤저민 프랭클린

인내란, 있는 그대로를 유지하거나 멈춘 상태가 아닙니다. 계속적인 변화를 통해 그 일의 가치와 의미를 끝까지 찾아내는 끈질김을 말합니다.
'오래간다'는 말은 그 일의 본질에 끊임없이 접근하고 있다는 것을 말합니다.
그래서 인내하는 사람은 결국 그가 바라는 것에 다가가 그 일을 이루고 맙니다.

Day 291

가정의 위대함

가정의 단란함은 지상에서 가장 빛나는 기쁨이다. 그리고 자녀를 보는 기쁨은 사람의 가장 성스러운 즐거움이다.

요한 페스탈로치

삶의 에너지는 가정에서 나옵니다. 우리는 가정에서 아픔을 위로받고 슬픔을 씻어 내며 희망을 만듭니다. 아무리 힘들어도 가정이 회복되면 결국 이기고 건강해집니다. 가족의 사랑이 세상을 사랑하게 합니다.
자녀를 보는 기쁨은 성스럽기까지 합니다. 이것은 생명의 세계이며 영원에 연결되어 있기 때문입니다.
자녀를 보는 눈빛 하나로 우리는 타인에게도 성자가 될 수 있습니다. 가정은 그만큼 신비롭고 위대합니다.
이 세상 무엇보다 먼저 가정의 소중함을 알고 가정을 아름답고 따뜻하게 해야 합니다. 이것이 인간의 기쁨이자 위대함입니다.

Day 292

먼저 결심하라

결심하라. 그러고 나서 방법을 찾아라.

에이브러햄 링컨

다음은 '마하트마 간디'의 결의입니다.
"매일 아침 일어나자마자 다음과 같이 결의할 수 있게 해 주소서.
나는 지상의 어느 누구도 두려워하지 않을 것이다.
나는 오직 신만을 두려워할 것이다.
나는 누구에게도 악한 마음을 품지 않을 것이다.
나는 누가 뭐래도 불의에 굴복하지 않을 것이다.
나는 진실로 거짓을 정복할 것이다.
그리고 거짓에 항거하기 위해 어떤 고통도 감내할 것이다."
이런 결심이 섰다면 무서울 게 없습니다. 중심이 서면 방법은 아무 문제도 되지 않습니다.

Day 293

약점 효과

진심으로 사랑받으려면 높은 재능 외에 한두 가지 약점도 있어야 한다. 그 사람에 대하여 미소 지을 수 있는 구석이 전혀 없는 사람을 사랑하기는 어렵다.

앙드레 모루아

우리는 타인의 강점에는 긴장하지만 약점에는 미소 짓습니다. 그 미소는 소통의 창구가 되고 사랑의 통로가 됩니다. 사람은 누구나 강자보다 약자에게 더 너그럽고 부드럽기 때문입니다.

사람은 재능이 있어야 하지만 약점도 필요할 때가 있습니다. 특히 관계에서는 재능보다 약점이 더 큰 역할을 하기도 합니다.

우리가 사랑하는 것은 사람의 재능이 아닙니다. 약점도 있는 그 사람의 존재 자체입니다.

Day 294

충실한 하루

충실하게 보낸 하루가 행복한 잠을 가져다주듯이, 충실하게 보낸 인생은 행복한 죽음을 가져다준다.

레오나르도 다 빈치

행복은 충실함과 연관이 깊습니다. 해야 할 일을 하고 그것으로 만족할 때 행복해집니다.
이러한 충실함이 하루하루 지속되어 인생이 되면 죽음도 그렇게 슬프지 않을 것 같습니다. 삶에 충실했고 만족했기 때문입니다.
오늘을 충실히 사는 것은 결국 행복한 죽음을 준비하는 것이기도 합니다.
오늘 하루 충실했는지는 누구보다 자기 자신이 잘 알고 있습니다. 밤에 잠들 때 행복감이 피어오르면 '나는 하루에 충실했구나.' 생각하면 됩니다.

Day 295

마지막 시험

누군가를 사랑한다는 것은, 인생 과업 중에 가장 어려운 마지막 시험이며 다른 모든 것은 그 준비 작업에 불과하다.

라이너 마리아 릴케

사랑은 고귀하고 아름답습니다. 그만큼 어렵고 험난합니다. 인생의 다른 모든 것은 진정으로 사랑하기 위한 준비 작업에 불과합니다. 따라서 누군가를 제대로 사랑한다면 인생의 가장 어려운 시험을 통과한 것입니다.
인생의 마지막 날 스스로에게 하는 질문 대부분은 "얼마나 사랑했느냐?"라고 합니다.
지금 누군가를 사랑하고 있다면 이미 최고의 삶을 사는 것입니다.
우리는 사랑을 알고 사랑을 하기 위해 태어났습니다. 그 사랑이 우리를 완성시킬 것입니다.

Day 296

물고기 잡는 법

물고기 한 마리를 주면 하루를 살 수 있지만 물고기 잡는 법을 가르쳐 주면 평생을 살 수 있다.

노자

누군가에게 무엇을 줄 때는 일시적인 것이 아니라 오래가는, 지속적인 것을 주어야 합니다. 당장에 쉬운 것이 아니라 지금은 힘들어도 미래를 가치 있고 아름답게 할 수 있는 것을 주어야 합니다.
물고기를 계속 주면 그는 물고기만 기다리는 쓸쓸하고 괴로운 사람이 될 것입니다.
하지만 물고기 잡는 법을 가르쳐 주면 그물을 들고 바다로 나갈 것입니다. 바다에서 기쁨을 얻고 행복을 발견할 것입니다.

Day 297

이상과 현실 사이

내 속에서 솟아 나오려는 것, 바로 그것을 나는 살아 보려고 했다. 그것이 왜 그토록 어려웠을까?

헤르만 헤세

우리 삶의 갈등은 여기에 있습니다.
내면의 요청대로 살고 싶은 이상과 지금 여기를 살아야 하는 현실 사이에서 끊임없이 갈등하고 괴로워하는 것입니다.
삶이 어려운 것은 바로 이 간극 때문입니다. 문제는 해결할 수 있지만 이 간극은 쉽게 해결되지 않습니다. 어느 누구도 이상과 현실 사이의 갈등에서 자유롭지 못합니다. 이것은 거대한 장벽과 같습니다. 뚫을 수도 넘을 수도 없습니다. 하지만 우리는 좌절하지 않습니다.
그 앞에서 노래도 하고 춤도 춥니다. 걷기도 하고 쉬기도 합니다. 장벽을 쓰다듬기도 하고 그 앞을 쓸기도 합니다. 우리는 장벽을 사랑하므로 장벽을 넘어섭니다.

Day 298

배움의 지혜

진정한 지혜란, 나는 어디서든 초심자이며, 이 세상에는 내가 아는 것보다 알아야 할 게 백 배는 많다고 고백하는 것.

레오 버스카글리아

어리석은 사람은 자신의 지식과 능력이 대단하다고 생각하며 이를 자랑하고 싶어 합니다.
하지만 지혜로운 사람은 자신이 얼마나 어리석고 부족한지 압니다. 언제 어디서나 초심자이고 무엇이든 배우려 합니다.
배울수록 지식의 세계는 넓고 자신은 초라해 보입니다. 지식의 세계는 바다처럼 넓고 우리는 바닷가에서 조개껍데기를 줍는 아이처럼 작은 존재입니다.
우리는 태어나서 죽을 때까지 배워야 합니다. 이런 자세야말로 삶의 질을 높이는 가장 확실한 방법입니다.
지혜란 배우는 자세 그 자체를 말합니다.

Day 299

참된 자유

인간의 의미를 물으면 나는 바로 대답한다. '자유'라고.

니코스 카잔차키스

위대한 사상가 니코스 카잔차키스는 신이 준 '참된 자유'는 세상 그 무엇에도 매이지 않고 자신의 영혼으로 우뚝 설 수 있는 것이라고 말했습니다.
인간의 절정은 자유입니다.
모든 사랑의 끝에는 자유가 기다리고, 모든 노력의 끝에도 언제나 자유가 깃발을 올립니다.
모든 희망은 자유를 향하고, 모든 절망은 자유를 잃을 때 찾아옵니다.
우리 마음과 생각은 어떤 경우에도 타인의 지배 아래 있어선 안 됩니다. 타인의 지배나 간섭에 익숙해져 그것이 삶이라고 생각하는 것만큼 큰 불행은 없습니다.

Day 300

진실 찾기

매사를 너무 심각하게 생각하지 말라. 심각해진다는 것이 진실에 접근하는 길이라고 볼 수 없다.

무라카미 하루키

우리는 '진실'이라 하면 어렵게 생각하는 버릇이 있습니다. 그러나 진실은 오히려 단순하고 평범한 것들 안에 있습니다. 사실이란, 사실 그대로를 말하고 진실은 어떤 사실에 사랑을 더한 것이라고 합니다.

일상에 흩어진 사실에 사랑을 더하면 모두 진실이 됩니다. 이렇게 진실은 우리 가까이에 있습니다.

진실을 친근하게 생각하십시오. 진실은 우리와 함께 일상을 친밀함과 기쁨으로 만들고 싶어 합니다.

오늘은 어떤 진실을 만들어 볼까요. 가정에서든 직장에서든, 친구에게든 연인에게든 나만의 진실을 하나씩 만들어 보십시오.

Day 301

사랑하면

사랑할 수 있다면 모든 것을 할 수 있다.

안톤 체호프

무슨 일을 하든지 그 일을 사랑하면 반드시 이루어집니다. 공부를 하거나 물건을 만들거나, 사람을 만날 때도 그 안에 사랑을 넣으면 좋은 결과가 나타납니다.
어떤 일을 하면서 불안하거나 두렵다면 그 일을 향한 사랑이 부족하지 않은지 살펴보아야 합니다. 능력이 부족해서가 아닙니다. 환경이 좋지 않아서가 아닙니다. 돈이 없어서가 아닙니다.
사랑하면 끊임없이 알게 됩니다.
사랑하면 마음이 열리고 자유로워집니다.
사랑하면 지혜가 생기고 영감이 떠오릅니다.
사랑하면 꿈꾸면서 다음을 기다립니다.
먼저 내 마음을 사랑으로 채운 다음에 일하십시오.

Day 302

성급함의 유혹

우리 시대의 가장 큰 유혹은 성급함이다. 그 의미 그대로, 기다리고 견디고 참기를 거부하는 것이다.

유진 로젠스톡 후이시

성급함은 하나의 유혹이고 속임수입니다. 빠르면 좋을 것 같고, 멋지고, 대단해 보입니다.
하지만 성급함은 어떤 일에도, 누구에게도 도움이 되지 않습니다.
꼼꼼하고 정직하게, 그리고 천천히 하는 것이 좋습니다. 이것이 급하게 하는 것보다 훨씬 빠르고 쉬운 길을 가게 합니다.
힘들어도 기다리고 견디고 참으십시오. 시간을 오래 투자하십시오. 시간은 많은 일을 익숙하고 완숙하게 합니다.

Day 303

내가 그린 낙원

내가 고른 붓, 내가 고른 색깔로 직접 그린 낙원 속으로 뛰어들자.

니코스 카잔차키스

우리는 자신의 자존감을 높여야 합니다. 내가 얼마나 소중한 존재인지 알아야 합니다.
다른 사람들과 비교할 필요가 없습니다. 나만의 세계, 나만의 방법, 나만의 아름다움이 있기 때문입니다.
다른 사람이 골라 준 붓으로, 그가 좋아하는 색깔로 그린 그림이 나에게 무슨 의미가 있겠습니까?
그것은 내 그림이 아닙니다. 좋지 않은 붓이라도 내가 골라야 합니다. 이상한 색깔이라도 내가 칠해야 합니다. 내 손으로 직접 그린 정원으로 들어가야 합니다.
꿈은 그렇게 이루어집니다. 꿈이 아름다운 것은 그 안에 내가 있기 때문입니다. 의존적인 삶은 어떤 경우에도 나를 불행하게 합니다.

Day 304

짬의 가치

짬을 이용하지 못하는 사람은 늘 짬이 없다.

유럽 격언

우리에게 시간은 충분히 주어졌습니다. 그것을 무심코 흘려 버리곤 시간이 없다고 말합니다.
중요한 시간들 사이에는 의외로 짬이 많습니다. 기다리는 시간, 애매한 시간이 하루에도 얼마나 많은지 모릅니다. 그 시간을 잘 이용하는 것이 하루를 잘 보내는 비결입니다.
메모하거나 책을 읽거나 운동을 하거나 전화를 하거나 자연을 감상하거나 음악을 들으면 심신이 풀리고 정신적 자양분과 좋은 아이디어도 얻을 수 있습니다.
짬의 가치를 아는 사람은 일부러 짬을 내어 짬의 유익과 행복을 얻습니다.

Day 305

미움의 방

남을 미워하는 순간 그 사람의 노예가 된다.

작자 미상

누군가를 미워하는 순간 내 생각과 감정, 시간과 에너지를 모두 그 사람에게 저당잡히고 맙니다.
미움은 상대를 향한 것 같지만 사실은 나를 향해 뿌리를 내리고 가지를 뻗고 열매를 맺기 때문입니다.
미워할 수 있습니다. 하지만 너무 오랫동안 미워하지 마십시오. 미움이 오래가면 날마다 자라 나를 덮어 버립니다.
미움도 인간의 본능인지라 용서가 쉽지는 않습니다. 하지만 나를 위해, 그리고 그를 위해 기도하고 용서하십시오.
미움의 방에서 나를 해방시키십시오. 그래야 삽니다.

Day 306

나의 한 부분

우리가 깊이 사랑하는 것은 언젠가 우리의 일부분이 된다.

헬렌 켈러

누군가를 깊이 사랑하면 그 사람이 나의 한 부분이 됩니다. 어떤 일을 깊이 사랑하면 그 일이 나의 한 부분이 됩니다.
나와 떨어지지 않는 사랑, 나와 함께 자라며 같이 열매 맺는 사랑이 참사랑 아닐까요?
하고 싶은 일이 있습니까? 그 일을 잘하고 싶습니까? 그러면 그 일을 사랑하십시오. 그 일이 나 자신이 될 때까지.
어떤 이와 좋은 관계를 만들고 싶습니까? 그를 닮고 싶습니까? 그러면 그 사람을 사랑하십시오. 그 사람이 내 안에 들어와 나의 한 부분이 될 때까지.

Day 307

양심의 소리

양심, 그것은 남이 보고 있다고 속삭이는 내면의 소리다.

윌리엄 셰익스피어

성숙한 사람의 특징은 일관성입니다. 말과 행동이 같습니다. 상대가 누구든, 혼자 있든 여러 사람 앞에서든, 언제 어디서나 같은 모습입니다.
혼자 있을 때는 금지와 절제를 벗어 버리고 마음대로 하고 싶습니다. 하지만 이런 내 모습을 누군가 보고 있다고 생각하면 그 유혹에서 벗어날 수 있습니다.
인간은 약합니다. 누구에게나 남들이 눈치채지 못하는 어둠이 있습니다. 그렇기 때문에 유혹에 쉽게 흔들립니다.
하지만 다행히도 양심이 마음에게 속삭이며 넘어지거나 낙심하지 않도록 돕습니다. 세상의 모든 행복과 기쁨은 언제나 빛 가운데 있습니다.

Day 308

사랑의 고통

사랑은 자신보다 사랑하는 대상을 먼저 생각한다.

맥스 루케이도

사랑은 나보다 사랑하는 대상을 더 먼저 생각하고 더 많이 위하는 것입니다.
사랑은 나보다 사랑하는 대상을 더 깊이 보고 더 넓은 세계로 안내하는 것입니다.
사랑은 사랑하는 대상의 기쁨을 위해 나의 전부를 내놓고도 부족하여 늘 아쉬워하는 마음입니다.
사랑은 희생이고 희생에는 고통이 따릅니다.
하지만 그 고통은 사랑의 이름 아래 있기에 행복한 고통입니다.

Day 309

가슴이 바라는 일

단순한 것은 사람을 매혹하는 힘이 있다. 어린아이와 동물의 세계에서 찾을 수 있는 매력도 그 단순함에 있다.

블레즈 파스칼

머리는 쓸수록 복잡해지고, 가슴은 쓸수록 단순해집니다. 머리는 늘 '빨리'를 부르짖고 가슴은 늘 '천천히'를 호소합니다. 머리는 쓸수록 아프지만 가슴은 쓸수록 기쁩니다.

가슴으로 산 사람은 나이 들수록 소박해지고 단순해집니다. 물질도 명예도 다 내려놓기 때문입니다. 마지막에는 목숨과 같은 딱 한 가지만 붙잡고 생을 마감합니다.

어린아이와 동물은 오직 하나만 바랍니다. 사랑과 생존이 그것입니다.

Day 310

불꽃 같은 기회

인간의 삶에는 영원한 세계가 열리는 순간이 있다. 어떤 이들에게는 그런 순간이 무심코 지나치고 마는 유성 같은 것이지만 어떤 이들에게는 영원히 꺼지지 않는 불꽃이 된다.

아브라함 J. 헤셸

누구에게나 불꽃처럼 다가오는 열린 세계가 있습니다. 다만 그 세계는 알아보는 이들에게만 기회가 됩니다.
어느 때는 현재와 미래가 선명하게 떠오릅니다. 자신이 깊이 이해되고 삶에 겸손해집니다. 높고 낮음이나 성공과 실패에 대한 해답이 아니라 삶 자체에 대한 해답이 불현듯 떠올라 스스로 놀랍니다.
그런데 어떤 이는 이런 열린 세계를 유성처럼 흘려보냅니다. 그러고는 예전과 똑같이 살아갑니다.
하지만 어떤 이는 그 불꽃을 꺼트리지 않고 영원히 가슴에서 타오르게 합니다.

Day 311

마이너스 비교

사람을 가장 불편하게 만들고 불행으로 이끄는 유혹은 '남들도 그러니까'라는 말이다.

레프 니콜라예비치 톨스토이

남과 나를 비교하고 싶은 것은 아주 강렬한 유혹입니다. 이 유혹에 빠지면 나는 없어지고 다른 사람이 내 안에서 살게 됩니다.
비교는 자연스러운 것이고 발전을 위해 당연하다고 말하지만, 비교의 유혹에 빠지면 결말이 좋지 않습니다. 스스로 교만해지거나 절망하고, 다른 사람을 미워하고 원망하기까지 합니다.
스스로 옳다고 생각하는 것을 향해 묵묵히 나아갈 때 진정으로 성장하고 성숙해집니다.
특히 잘못된 일을 두고 '남들도 그러니까.'라고 생각하면 돌이킬 수 없는 후회를 할 것입니다.

Day 312

여행할 이유

여행은 사람을 순수하게 그러나 강하게 만든다.

서양 격언

우리는 일상에서 자주, 멀리 떠날수록 얽매임과 위선, 가식에서 벗어날 수 있습니다. 새로이 만나는 자연과 사람들 앞에서는 내가 가진 권위와 위치, 재능과 지식이 의미 없기 때문입니다. 그래서 여행을 떠나면 순수해지고 설렙니다.
순수는 결코 연약하지 않습니다. 여러 가지 상황에 부딪쳐 보면 순수한 사람이 더 강하다는 것을 알 수 있습니다.
여행에서 돌아오면 우리는 더 순수하고 그만큼 강해져 있습니다. 여행이 좋은 이유가 바로 여기 있습니다.

Day 313

더 나은 미래

더 나은 미래를 상상하지 않으면 헛된 과거에 집착하게 된다.

요한 볼프강 폰 괴테

오늘보다 더 나은 미래를 꿈꾸지 않으면 과거에 집착하게 됩니다.
과거를 품고 살면 삶이 힘들고 괴롭습니다. 과거로 돌아갈 수 없기 때문입니다. 대신 미래를 꿈꾸는 사람은 행복합니다. 미래는 노력하면 실제로 맞이할 수 있기 때문입니다.
예전 것에서 벗어날 수 있어야 합니다. 과거는 좋았건 나빴건 흘려보내야 합니다. 그리고 새날, 새 일에 새로운 희망을 걸어야 합니다.
어제보다 오늘이, 오늘보다 내일이 더 나을 것입니다.

Day 314

넌 참 좋은 아이야

아이를 기를 때, 스스로를 '좋은 사람'이라고 생각하게 하는 것이 무엇보다 중요하다.

버트런드 러셀

자신을 '좋은 사람'이라고 생각하는 것은 분명한 선을 긋는 것과 같습니다. 자신의 정체성을 밝고 건강한 세계에 둔다는 것입니다.
이런 정체성을 가진 아이라면 어떤 일을 해도 안심할 수 있습니다. 좋은 생각을 하고 좋은 일을 하며 좋은 삶을 살려고 노력할 것이기 때문입니다. 그런 노력은 긍정적이고 그 결과는 귀하고 아름답습니다.
이런 아이들은 크면서 남을 더 많이 사랑합니다. 다른 사람들도 나처럼 좋은 사람이라고 생각합니다. 그러면서 함께 행복해지는 좋은 사회를 만들기 위해 노력할 것입니다.

Day 315

준비된 마음

준비된 마음이 준비된 연설보다 낫다.

E. M. 바운즈

어떤 일을 잘하기 위해서는 마음의 준비가 잘되어야 합니다.
아무리 말을 잘하고 세련된 행동을 한다 해도 마음의 준비가 되어 있지 않으면 결국은 실패합니다.
마음이 든든하고 자유로우면 그 삶도 자유롭고 든든합니다.
연설도 그렇습니다. 어떻게 말을 잘할까 생각하기 전에 어떻게 마음을 잘 준비할까를 생각해야 합니다.
말이 서툴러도 마음이 맑고 풍성하면 청중은 분명히 감동받습니다.

Day 316

최고의 시간

우리가 이 순간 무엇을 해야 하는지 안다면 지금이 바로 가장 좋은 시간이다.

랠프 월도 에머슨

순간이 순간을 지나 끝없이 흘러갑니다. 순간마다 무엇을 해야 하는지 알고 그 일을 한다면 그 시간이 최고의 시간입니다. 그런 상태가 계속된다면, 시간이 흘러도 불안하거나 아쉽지 않을 것입니다.

우리 마음은 지금 해야 할 일을 누구보다 잘 알고 있습니다.

싫어도 마음이 하라는 일을 하고, 미루고 싶어도 마음이 지금 하라면 하십시오. 마음이 멈추라 하면 멈추고 돌아서라 하면 미련 없이 돌아서십시오. 그러다 보면 삶은 차츰 자유로워지고 즐거워집니다.

거창한 것들이 모인다고 삶이 행복해지지 않습니다. 작은 순간들의 기쁨이 모여 행복한 인생이 됩니다.

Day 317

마지막 후회

무덤에서 흘리는 가장 비통한 눈물은 하지 못한 말과 하지 못한 행동이다.

해리엇 비처 스토

생의 마지막 순간에 무엇 때문에 후회할까요? 실수, 실패, 가난, 미움, 상처일까요?
아닙니다. 마음에 품고도 표현하지 못한 말들, 하고 싶었으나 하지 않은 행동 때문에 마음이 괴로울 것입니다. '말이라도 해 볼걸.' '행동으로 옮겨 볼걸.' 하며 후회할 것입니다. 끝내 전하지 못한 사랑과 감사, 용서와 진실……. 이런 것들 때문에 가슴을 칠 것입니다.
그동안 표현하지 않았던 마음이 있다면 지금 전하십시오. 걱정과 두려움으로 시도조차 하지 않은 일을 바로 하십시오. 생각지도 못한 기쁨이 찾아올 것입니다.

Day 318

마음 나무

마음속에 푸른 가지를 품고 있으면 새가 날아와 지저귄다.

중국 격언

마음과 생각은 서로 연결되어 있습니다. 좋은 일을 생각하면 마음도 명쾌하고 밝아집니다. 나쁜 마음을 품으면 생각도 어둡고 복잡해집니다.
마음에 푸른 가지를 품으면 '좋은 생각'이라는 이름의 새들이 날아와 노래를 합니다.
마음 나무를 늘 푸르게 하십시오. 건강하게 하십시오.
따뜻한 햇살과 신선한 공기, 적당한 물을 주십시오. 때를 따라 땅을 일구고 잡초를 뽑으십시오.
마음의 푸르름! 이것이 얼마나 소중한지는 나중에 맺을 좋은 열매로 알게 될 것입니다.

Day 319

확고한 원칙

유행 앞에서는 흐르는 강물처럼, 원칙 앞에서는 흔들림 없는 바위처럼.

토머스 제퍼슨

주도적인 사람은 중심이 분명하기 때문에 유행이나 인기 등 일시적인 것에 흔들리거나 연연하지 않습니다. 자신이 세운 질서와 원칙을 묵묵히 따르며 진실과 성실에서 기쁨을 찾습니다.

유행을 따르면 끊임없이 바쁘고 요란스러워 조용한 시간, 성숙의 기회를 갖기 어렵습니다.

일시적인 것은 마음에 두지 말고 그때그때 흘려보내십시오. 대신 원칙 앞에서는 흔들림 없는 바위가 되십시오. 시간이 지날수록 마음은 밝아지고 생각은 맑아질 것입니다.

Day 320

가볍게 놓아주기

대부분의 사람은 자기에 대해서 너무 진지하기 때문에 정말 진지해야 할 내용이나 대상은 놓치고 만다.

리처드 포스터

사람들이 하는 생각 대부분은 자신에 관한 것입니다. '내가 왜 이럴까?' '이렇게 했어야 하는데!' '이렇게 해볼까?' 끊임없이 자기를 후회하고 바로 세우느라 타인이나 다른 일이 들어설 자리를 주지 않습니다.
물론 나에 대한 생각은 진지하게 해야 합니다. 하지만 지나치게 자신에게만 집중하면 좋지 않습니다.
가끔은 나를 가볍게 놓아줄 수 있어야 합니다. 간혹은 나를 잊어버리기도 해야 합니다. 자아가 너무 강하면 자기애, 집착이 됩니다. 삶을 너무 걱정하지 마십시오. 충분히 잘 살고 있습니다.

Day 321

깨어 사는 삶

외적인 것에 관심을 두는 사람은 꿈꾸듯 사는 것이다. 그러나 자신의 내면에 관심을 두는 사람은 깨어서 사는 것이다.

카를 융

외적인 것에 관심이 많은 사람은 몸은 현실에 있어도 마음은 꿈속에서 헤맵니다.
'남에게 어떻게 보일까?'를 걱정하는 것은 오늘의 나에게 만족하지 못하고, 자신이 꿈꾸는 것을 남들에게 빨리 보이고 싶기 때문입니다.
대신 내적인 것에 관심을 두는 사람은 현실을 살면서도 깨어 있습니다. 그들은 늘 내면을 깨우기 위해 현실을 직시하면서 이상을 펼칩니다.
깨어 있는 사람은 남에게 '어떻게 보이느냐.'가 아니라 스스로 '어떻게 살 것인가.'에 관심을 집중합니다.

Day 322

영원한 것은 없다

영원한 것은 없다는 사실이 다행스럽다.

올리비에로 토스카니

이 세상에 영원한 것은 없습니다. 어떤 명예와 지위, 상장과 트로피도 언젠가는, 누군가에 의해 치워집니다. 어떤 기쁨도 결국은 사라지고, 어떤 아픔도 시간이 씻어 줍니다. 지금 중요하다고 생각하는 것이 하찮아질 수 있고, 지금 버려진 것이 귀하게 대접받는 때가 오기도 합니다.

가진 것을 영원히 내 것이라고 생각하는 것만큼 어리석은 일은 없습니다. 우리는 그것을 잠시 만져 보고 느낄 뿐입니다. 내 것이라는 생각 때문에 잠시 좋을 뿐입니다.

영원한 것은 없다고 생각할 때 버릴 수도 있고 나눌 수도 있고 다시 시작할 수도 있습니다.

Day 323

말은 마음의 그림

말은 마음의 그림이다.

영국 격언

말하는 것을 들으면 그 사람의 마음이 보입니다. 마음이 말로 나타나기 때문입니다.
마음이 잔잔하면 말도 잔잔하고, 마음이 거칠면 말도 거칩니다. 마음이 부드러우면 말도 부드럽고, 마음이 차가우면 말도 차갑습니다.
누군가에게 말할 때 그 사람 앞에 내 마음이 그려지고 있다는 생각을 해야 합니다. 그러면 말이 부드러워질 것입니다. 그리고 좋은 말을 하기 위해 좋은 마음을 품을 것입니다.
좋은 마음은 좋은 말을 하고, 좋은 말은 좋은 그림을 그립니다.

Day 324

사랑한 시간만큼

하루가 저물 때, 우리는 사랑한 것을 기준으로 심판받을 것이다.

성 요한

자신에게 끊임없이 던져야 할 질문이 있습니다. 인생에 있어 가장 중요한 질문이기도 합니다. 바로 "지금 사랑하고 있느냐?"입니다.

모든 삶은 사랑으로 시작해 사랑으로 마쳐야 합니다. 사랑이 식었습니까? 다시 사랑하십시오. 지금의 그 사랑으로 당신의 인생이 평가받을 것입니다.

다른 것은 다 지나갑니다. 하지만 사랑만은 내 이름과 함께 영원히 남습니다. 사랑했던 시간만 내 것입니다.

Day 325

태도의 중요성

태도는 사실보다 중요하다.

칼 메닝거

사실에 집착하느라 태도를 소홀히 할 때가 있습니다. 하지만 일의 결과는 사실보다 태도에 더 많은 영향을 받습니다. 일의 결과는 결국 관계의 결과이기 때문입니다.
사실에 집착하는 사람은 대체적으로 옳습니다. 그는 정확하고 합리적입니다. 하지만 그 올바름 때문에 주변 사람을 잃을 수 있습니다. 그는 결국 냉소적이고 이기적이며 교만해질 것입니다.
사람은 누구나 딱딱한 바닥이 아니라 푹신한 침대에서 자고 싶어 합니다.

Day 326

부족함의 예술

인생은 불충분한 전제로부터 충분한 결론을 끌어내는 예술이다.

새뮤얼 버틀러

세상에 충분하거나 완벽한 것은 존재하지 않습니다. 의심하면 다 의심할 만하고, 모자라다고 보면 다 부족해 보입니다. 그래서 우리는 그 불충분을 채우기 위해 끊임없이 노력합니다.

다행히도 우리는 깨닫습니다. 부족한 가운데 최상, 불만족의 만족, 한계 속의 충만을 발견하고 그것에 만족할 줄 아는 것입니다.

사랑하는 사람을 보십시오. 연약한 사랑이지만 완벽합니다. 가정을 보십시오. 기쁨은 완벽에서 오는 것이 아닙니다.

기쁨은 부족한 가운데 만족을 택할 줄 아는 지혜로부터 옵니다.

Day 327

밑바닥 리더십

참된 영적 리더십은 완전한 절망에 뿌리를 두고 있다. 자신의 무기력함, 속수무책을 인정하는 것으로부터 시작된다.

작자 미상

"졌다. 내가 졌다."
우리는 이 말을 하기 싫어 발버둥칩니다. 이 한마디가 하기 싫어 얼마나 많은 사람을 미워하고 질투하는지 모릅니다. 불평하고 원망하는지 모릅니다.
진정한 영적 리더십은 자신의 완전한 절망에 뿌리를 두고 있습니다. 더 이상 버티지 않고 자아를 다 내려놓을 때, 백기를 올리고 두 손 들어 나의 부족함, 연약함, 한계를 인정할 때 참된 리더십이 생깁니다.
그때 드디어 진정한 승리의 깃발이 올라가고 참자유가 시작됩니다. 사랑과 감사도 찾아옵니다.
참된 리더십은 저 깊은 밑바닥에서부터 서서히 올라옵니다.

Day 328

사랑의 흐름

사랑받기를 거절하는 것은 남을 괴롭히는 것과 같다.

우치무라 간조

사랑받으십시오. 사랑받지 않으면 사랑하지 못합니다. 우리는 부모님으로부터 사랑받았기 때문에 사랑할 수 있습니다. 신으로부터 사랑받기 때문에 서로 사랑하고 있습니다.
사랑받기를 거절하는 것은 사랑을 주려는 대상을 거절하는 것과 같습니다. 그것은 사랑의 흐름을 끊는 일입니다. 사랑의 흐름에 참여하십시오. 물이 흐르듯 사랑도 그렇게 흘러가야 합니다.

Day 329

희망의 특성

희망은 보이지 않는 것을 보고 무형의 것을 만지며 불가능한 일을 성취한다.

작자 미상

희망의 특성은 믿음입니다. 보이지 않아도 보는 듯이, 형태가 없어도 만져지는 듯이, 불가능한 것 같아도 이미 이루어진 것처럼 말하는 것이 희망입니다.
그래서 희망이란, 그것을 가진 사람의 것입니다.
희망이 없는 사람은 미래에 대한 확신과 인간에 대한 믿음이 없습니다. 그에게는 의심과 갈등과 망설임과 핑계와 불평과 불만만 있습니다. 그는 보아도 믿지 않고 만지고서도 느끼지 못합니다.
이런 사람에게는 희망이 얼굴을 돌리고 기회도 외면합니다.
희망은 실패가 없습니다. 희망을 가진 사람 안에서 이미 이루어졌기 때문입니다.

Day 330

궤도 수정

창의적인 사람은 유연하고 적응력이 높다. 그리고 언제라도 자신의 생각을 수정할 준비가 되어 있다.

작자 미상

창의적인 사람은 유연합니다. 부드러운 흙에서 새싹이 돋아나듯이 부드럽고 유연한 사람은 창조적입니다.
경직된 상태, 긴장과 고집, 교만과 욕심 속에서는 좋은 생각이 떠오르지 않습니다.
유연한 사람은 창의적인 생각을 행동으로 옮길 때, 벌써 수정을 준비합니다. 주위 사람들의 비난에도 개의치 않고 생각을 바꿉니다. 수정할 준비가 되어 있지 않으면 두려워서 시작도 못합니다.
그래서 창의적인 사람의 결심은 무겁지 않습니다. 대신 확신이 있기에 끝까지 추진합니다.

Day 331

진정한 용서

진정한 용서는 잊어버리는 게 아니라 손을 내밀어 받아들이는 것이다.

루이제 린저

용서가 힘든 것은 용서의 대상이나 사건에 대해 정확한 의미를 내릴 수 없기 때문입니다. '말이 안 된다'거나 '있을 수 없는 일'이라고 단정해 버리면 어떻게 해 볼 수가 없습니다.

이때 용서를 위하여 적용해야 할 것이 있습니다. 그 일이 아니라 그 사람을 깊이 생각하는 것입니다.

그러면 연민이 생기고 한 번이라도 연민이 생기면 그 일 자체의 의미는 작아집니다.

진정한 용서란 그냥 잊어버리고 마는 것이 아닙니다. 용서의 대상에게 내 마음의 사랑과 평화를 한자리 마련해 주는 것입니다.

Day 332

두려움을 이기는 용기

용기란 두려움이 없는 게 아니라 두려움에 맞서 정복해 내는 것이다.

제임스 홀링워스

타임지는 두려움의 종류가 276가지라고 밝히면서, 그 종류가 날로 늘어난다고 했습니다.
두려움은 누구에게나 있습니다. "두렵지 않다."라고 말하는 것은 두려움을 숨기기 위한 위장술일 뿐입니다.
그런데 두려움을 무력화시키는 방법이 한 가지 있습니다. 그것은 두려움보다 더 큰 가치를 발견하는 것입니다. 삶의 참된 가치를 찾고 그 일이 중요하다고 생각하면 두려움은 사라집니다.
인간에게 가장 큰 두려움은 '죽음'입니다. 하지만 어떤 사람은 목숨보다 귀한 가치를 발견하고 그것을 위해 목숨을 버리기도 합니다.

Day 333

긍휼함

긍휼히 여기는 사람에게는 인간이 속한 모든 것이 낯설지 않다. 그는 어떤 기쁨이나 슬픔도, 어떤 삶의 방식이나 죽음의 방식도 이질적으로 여기지 않는다.

헨리 나우웬

사랑의 시선으로 보는 사람은 세상의 어떤 것도 낯설게 느끼지 않습니다. 각자의 삶의 방식, 각자의 인생길을 그저 아름답게 보기 때문입니다.
사랑이란 이런 것입니다. 다른 것, 흩어져 있는 것, 떠나 있는 것, 심지어 어리석음과 미움까지도 삶의 방편으로 이해하며 받아들입니다.
긍휼함이란 넌지시 바라보며 미소 짓는 것입니다. 살며 사랑하며 아끼고 품어 주는 마음입니다.

Day 334

내 지혜와 경험으로

타인의 지혜로는 멀리까지 갈 수 없다.

리투아니아 격언

우리는 언제나 현실보다 더 먼 곳에 목표를 둡니다. 지금보다 더 많이 알고 더 깊이 느끼고 더 높이 보고 싶어 합니다. 확실히 이런 목표는 좋습니다.
하지만 다른 사람의 지혜나 도움으론 결코 그 목표에 도달할 수 없습니다. 내 안에 좋은 생각이 있어야 하고, 지혜와 경험도 내 것이 되어야 합니다. 그렇지 않으면 멀리도 높이도 가지 못합니다. 의존적으로 살면 어떤 자유도 기쁨도 맛보지 못합니다. 그래서 불평하고 원망하다가 결국은 쓰러지고 맙니다.
아무리 작고 초라해도 내 지혜를 구하고, 비록 서툴고 부끄러워도 내 마음을 다해야 합니다. 그러면 생각보다 훨씬 멀리 갈 수 있습니다.

Day 335

상대가 느낄 때까지

사랑하는 것만으로는 부족하다. 상대가 사랑받고 있다고 느낄 때까지 사랑하라.

조반니 보스코

사랑도 만족하지 못할 때가 있습니다. 사랑도 힘이 없을 때가 있습니다. 사랑도 의심할 때가 있습니다. 그때는 진정으로, 전심으로 사랑하고 있지 않을 때입니다. 사랑은 감정이 아니라 의지이자 노력입니다. 사랑도 온 마음과 말과 행위로 나타나야 합니다.
사랑은 남김이 없어야 합니다. 남김 없이 사랑할 때 비로소 상대에게 이릅니다. 사랑에는 '적당히'가 없습니다. 사랑받고 있다고 느낄 때까지 사랑해야 합니다.

Day 336

마음만은 푸르게

겨울이 되어 날씨가 추워진 뒤에야 소나무와 전나무가 얼마나 푸른가를 알 수 있다.

《논어》

고난을 당할 때 그 사람의 진가가 나타납니다. 어려움을 당할 때 그 사람의 성품이 드러납니다. 폭풍 속에서 항해할 때 선장의 진짜 실력을 알 수 있습니다.

어려움이 닥칠 때 남에게 책임을 떠넘기며 원망하고 세상을 탓하는 사람에게 '다음'이란 없습니다.

스스로 문제 속으로 들어가 잘못을 인정하고 정직하게 노력하면 틀림없이 다음의 기회가 주어집니다.

살다 보면 겨울 같은 추위를 견뎌야 할 때가 있습니다. 그때도 마음만은 푸르게 가져야 합니다. 마음이 푸르면 겨울도 봄입니다.

Day 337

좋은 말 효과

좋은 말은 비단 옷보다 따뜻하다.

순자

사람들은 정보나 지식보다 친절한 한마디, 부드러운 미소, 따뜻한 눈빛에 목말라 있습니다.
말은 그 사람 자체입니다. 좋은 말은 그 사람의 좋은 마음, 좋은 삶을 보여 주기 때문입니다.
진심으로 사랑하는 마음이 말로 전해지면 어떤 사람이라도 금방 밝아지고 가벼워집니다.
좋은 한마디는 비단 옷을 입혀 주는 것보다 그 사람을 더 따뜻하게 합니다.

Day 338

보이지 않는 치열함

나는 오리처럼 물 위에서는 침착해 보이지만 물 밑에서는 죽어라 발을 휘젓고 있다.

프레드 셔로

어느 분야든 대가는 침착하고 여유 있어 보입니다. 하지만 그의 내면에서는 보이지 않는 치열함이 계속되고 있습니다.
앞서가는 사람은 그 수준을 유지하거나 발전시키기 위해 얼마나 많은 노력을 기울이는지 모릅니다. 대가일수록 그 노력은 더합니다.
우아하게 물 위를 떠다니는 한가로운 삶만 있다면 얼마나 좋겠습니까만, 그런 삶은 어디에도 없습니다. 삶은 보이지 않는 치열함이 뒷받침될 때 비로소 여유가 생기고 침착해 보입니다.

Day 339

특별 상황 지침서

특별한 상황 속에서의 상식을 지혜라고 부른다.

새뮤얼 테일러 콜리지

우리가 일반적으로 알고 있거나 알아야 하는 지식을 상식이라고 합니다. 우리는 가능한 한 모든 일을 상식적으로 생각하고 처리하고 싶어 합니다.
그런데 살다 보면 일상을 거스르는 특별한 상황을 만납니다. 그때는 무엇을 어떻게 해야 할지 알 수 없습니다. 무엇이 옳은지도 잘 모릅니다. 하지만 그럴 때일수록 흥분하거나 서두르지 말고, 마음을 가다듬고 평상심으로 돌아가 상식과 순리에 따라야 합니다.
이것이 바로 지혜입니다.

Day 340

자연의 깊이

자연의 깊이를 보라. 그러면 당신은 모든 것을 더 잘 이해할 것이다.

알베르트 아인슈타인

자연에는 끝 모를 깊이가 있습니다. 어느 것은 물을 좋아하고 어느 것은 햇빛을 좋아하고, 어느 것은 추위를 견디지만 어느 것은 조금만 추워도 얼어 죽습니다. 어느 것은 비옥한 땅을 좋아하고 어느 것은 척박한 곳을 좋아합니다.

땅, 그 위, 바다, 그 안, 하늘, 저 너머…….

자연은 우리가 상상조차 할 수 없는 깊이와 넓이를 품고 있습니다. 우리가 그 깊이를 조금이라도 이해한다면, 그 넓이를 조금이라도 눈치챈다면 우리 삶의 문제 대부분은 해결될 것입니다.

Day 341

하루 분량

미래가 좋은 이유는 그것이 하루하루씩 다가오기 때문이다.

에이브러햄 링컨

'하루'라는 시간은 우리에게 참 적당하고 아름다운 분량입니다. 이보다 길면 지루하고 이보다 짧으면 무척 바쁘고 아쉬울 것입니다.
해가 떴다가 지는 사이, 잠자리에서 일어나 활동하는 시간은 우리의 몸과 마음이 경험하고 느끼기에 가장 적당한 시간입니다.
미래가 한꺼번에 다가오면 우리는 그대로 쓰러지고 말 것입니다. 이렇게 하루씩 꼭 알맞게 나뉘어 다가오니 얼마나 고맙고 다행스러운 일인지요.
행복하기를 바란다면 오늘 내게 주어진 '하루'를 사랑하십시오. 오늘분의 기쁨을 남김없이 누리십시오.

Day 342

바이올렛 꽃향기

용서는 바이올렛꽃이 자기를 짓밟은 누군가의 발뒤꿈치에 뿌려 주는 향기와 같다.

마크 트웨인

'용서' 하면 넬슨 만델라가 생각납니다. 그의 용서는 쉽지 않았습니다. 고초를 당한 사람이 본인뿐 아니라 남아프리카 전 국민이었으니까요.

그러나 그는 앞장서서 용서를 외쳤습니다. 용서하지 못할 때 찾아오는 고통을 알았기 때문입니다.

고통을 모르는 사람은 용서도 모릅니다. 고통을 당해 본 사람만이 인간의 한계와 연약함과 부끄러움을 알기에 용서를 말할 수 있습니다.

용서의 효과는 용서받는 사람의 홀가분함이 아닙니다. 용서한 사람의 자유와 평화입니다.

그것은 마치 바이올렛꽃의 향기처럼 자신의 자유와 평화를 주변에 뿌립니다.

Day 343

관계의 행복

우리는 우리를 사랑하는 벗 덕분에 널리 알려진다.

윌리엄 셰익스피어

좋은 관계는 좋은 소문을 냅니다. 사랑하는 사람들 사이에는 향기가 납니다. 행복한 얼굴은 행복을 전염시킵니다.
자신에 대해 이야기하고 다닐 필요가 없습니다. 남이 나를 어떻게 볼까, 걱정할 필요도 없습니다. 나를 사랑하는 사람을 통해 내 마음이 전해지기 때문입니다.
사람들과 관계가 좋으면 편하고 행복합니다. 좋은 친구가 많으면 소문이나 오해 때문에 걱정할 필요가 없습니다. 말하지 않아도 내 본심을 알고 어떤 오해가 생겨도 막아 줍니다.
주위에 있는 사람을 사랑하십시오. 그 사람이 당신을 선전하고 다닐 것입니다.

Day 344

심고 거두는 법칙

그로 하여금 자연 속에 있는 모든 것, 티끌이나 깃털조차 운이 아니라 법칙에 따라 움직인다는 것을 알게 하라. 그리고 뿌린 대로 거둔다는 것을 배우게 하라.

랠프 월도 에머슨

자유롭고 긍정적으로 사는 방법이 있습니다. 삶에는 원칙이 있고 뿌린 대로 거둔다는 사실을 인정하고 사는 것입니다.
왠지 불안하고 늘 무언가에 휩싸인 느낌이 드는 것은 삶에 대한 확신이 없기 때문입니다.
삶에는 원칙과 질서가 있다는 사실을 믿고 그대로 행하면 불안과 두려움은 대부분 사라집니다.
뿌린 대로 거둔다는 정직하고 소박한 원리에 따라 뿌리는 일에 게으르지 않으면 곧 좋은 열매를 얻습니다.
오늘 내가 노력하는 것은 아무리 작은 것이라도 결코 사라지지 않습니다. 그 노력이 쌓여 내 인생의 표어가 됩니다.

Day 345

만회할 기회

오늘에 충실할 때 어제는 행복한 꿈이 된다.

인도 격언

오늘의 충실함, 지금의 성실함은 과거마저 행복하게 합니다. 지금 잘하고 있고 행복하면, 아무리 못나고 서툴고 부끄러운 과거도 아름다워 보입니다.
오늘에 충실한 사람의 과거는 아무리 초라해도 아름다워 보입니다. 그는 어떤 부끄러운 옛일이라도 숨기지 않고 자랑스럽게 말합니다. 오늘을 발전시키면 아득한 과거마저도 더 나아집니다.
옛일이 부끄럽습니까?
지금, 그 일들이 아름답게 변하고 있습니다. 오늘, 당신의 노력으로.

Day 346

스스로 만족하기

사람들은 남에게 행복해 보이려 애쓴다. 남의 시선을 의식하지 않으면 스스로 만족하기란 그리 힘든 일이 아니다.

작자 미상

행복에도 함정이 있습니다. 자유와 안정감이 없는 행복입니다. 남에게 행복해 보이고 싶을 때 이 함정에 빠집니다. 행복한 것처럼 보이지만 그 안에는 불안과 고통이 머물고 있는 것입니다.
우리는 정직하고 성실하게 살아야 합니다. 그래야 자유롭고 행복합니다.
마음이 건강한 사람은 자신의 감정을 솔직히 표현할 줄 알고 현실도 잘 받아들입니다. 자신을 있는 그대로 표현하고 자신의 부족함이나 가난도 부끄러워하지 않습니다.
남에게 행복해 보이려고 애쓰지만 않으면 스스로 만족하기란 그렇게 힘든 일이 아닙니다.

Day 347

영혼의 양식

영혼은 자신을 즐겁게 하는 양식을 먹고 산다.

아우구스티누스

영혼의 양식은 우리의 생각입니다. 내가 어떤 생각을 하느냐에 따라 내 영혼도 그렇게 자랍니다.
불평과 불만, 부정적인 생각을 하면 우리 영혼은 그것들을 먹고 그런 사람이 됩니다. 대신 믿음과 감사, 사랑과 평화의 양식을 주면 우리 영혼은 자유롭고 평화로운 사람으로 자랍니다.
날마다 먹는 음식에 따라 몸 상태가 결정되듯이 즐기는 생각에 따라 내 마음과 영혼도 달라집니다.

Day 348

내 안의 명의

모든 환자는 자신만의 의사를 갖고 있다. 우리는 그 의사에게 일할 기회를 주어야 한다.

알베르트 슈바이처

자연 치유! 이것은 신이 우리를 아낀다는 증거입니다. 우리에게는 각자 명의가 있는데 그 의사가 여러 가지 방법으로 우리 몸을 돌보고 있습니다.
혹 몸이 좋지 않으면 그 의사는 우리에게 말합니다. 마음을 즐겁게 하라. 음식을 골고루 먹어라. 즉석식품을 먹지 마라. 일보다 건강이 중요하다. 쉬어라. 규칙적으로 운동하라.
하지만 우리는 그 명의의 말을 무시하거나 무관심할 때가 많습니다. 그러다 후회합니다.
우리 안의 명의가 즐겁게 일할 수 있도록 늘 기회를 열어 놓아야 합니다.

Day 349

진실의 기준

지속성이 곧 진실과 허위를 재는 기준은 아니다. 의미가 있고 없음은 시간이나 지속성과는 무관하다.

안네 모로우 린드버그

좋은 일을 오래 지속하지 못한다고 염려하지 마십시오. 내 마음이 진실하면 그 하나하나가 생명력을 가진 완전한 의미와 가치가 됩니다.
시간과 공간을 초월하여 언제나 누구에게나 좋은 사람이 되기란 불가능합니다. 하지만 지금 내 곁에 있는 사람에게, 잠시 동안은 충분히 좋은 사람이 될 수 있습니다. 그렇게 하면 됩니다.
그러다 보면 진실한 사람이 됩니다. 시간이 길다고 진실이 더해지고 시간이 짧다고 진실의 무게가 줄어드는 것은 아닙니다.
진실은 그 내용으로 이루어집니다.

Day 350

짐을 벗고

완성이란 무엇인가. 덧붙일 게 없는 상태가 아니라 무엇 하나도 떼어 낼 것 없는 경지를 말한다.

생텍쥐페리

명품, 명작, 명인은 주제가 뚜렷한 단순미의 극치입니다. 우리 삶도 마찬가지입니다. 확고한 내면이 일관된 행동으로 뚜렷이 나타날 때, 우리는 그 삶을 아름답다고 말합니다. 다시 말해 자신의 소명에 따른 역할을 다하는 삶입니다.
살다 보면 자꾸 덧붙입니다. 조금 더, 이것만 더……. 그러나 그것은 힘이 아니라 짐이 됩니다. 결국에는 그 짐을 벗어 버려야만 제대로 살 수 있습니다.
다 벗어 버리고 꼭 있어야 할 하나만 붙드는 삶, 이것이 참된 인생을 만드는 비결입니다.

Day 351

나의 경쟁자는 나

남들보다 더 잘하려고 고민하지 마라. '지금의 나'보다 잘하려고 애쓰는 게 중요하다.

윌리엄 포크너

삶의 괴로움은 비교에서 비롯된다는 것을 안다면 결코 나를 타인과 비교하지 않을 것입니다.
비교란 끝없는 나락입니다. 비교는 나를 파멸로 이끄는 최고의 안내자입니다.
비교하면 나는 언제나 약자가 됩니다. 어쩌다 이기면 바로 교만해집니다. 비교란 이래도 손해요 저래도 해악입니다.
그래도 꼭 비교하고 싶으면 어제의 나와 오늘의 나, 오늘의 나와 내일의 나를 비교하십시오. 이것은 아무 부작용도 없습니다. 이 비교는 혼자서도 미소 짓게 하며 갈수록 행복해지게 합니다.

Day 352

눈물이라는 약

눈물에 씻겨 내려가지 못한 슬픔은 위장을 아프게 한다.

헨리 모즐리

슬프면 울어야 합니다. 아파도 울어야 합니다. 고마워도 울고, 보고 싶어도 울어야 합니다. 울어야 할 때 웃으면 안 됩니다. 참으면 안 됩니다. 어릴 때도 울고, 나이 들어서도 울어야 합니다. 여자도 울고, 남자도 울어야 합니다. 집에서도 울고, 밖에서도 울어야 합니다.

웃음이 그렇듯 눈물도 약입니다. 눈물이 흐르면 아픔이 씻기고 슬픔이 녹아내립니다. 눈물로 씻어 내지 않으면 몸이 상합니다.

웃음이 없는 것보다 더 슬픈 일은 눈물이 없는 것입니다. 나에게 눈물이 없으면, 내 가슴이 어떤지 들여다보아야 합니다. 가슴이 메마르면 더 이상 눈물이 나지 않기 때문입니다.

Day 353

평범한 삶의 비밀

사람은 명예와 지위가 주는 즐거움은 잘 알지만, 이름 없고 평범하게 지내는 즐거움은 알지 못한다.

《채근담》

명예와 지위를 얻으면 당장은 즐겁습니다. 가진 것이 많으면 당장은 기쁩니다. 하지만 그 뿌리가 견고하지 못합니다.
진정한 삶의 기쁨은 마음에 있습니다. 명예와 지위, 소유는 상대적이며 일시적입니다. 대신 어디에 있든, 어떻게 살든 일상의 평범함에서 자족과 기쁨을 발견하면 행복이 찾아옵니다.
그 어떤 화려한 성공의 기쁨도 농부가 씨를 뿌리고 추수하는 기쁨에 미치지 못할 것입니다.
이름이 알려지지 않는다고 속상해하지 마십시오. 평범한 삶에 있는 즐거움을 만끽하십시오.

Day 354

걱정의 본질

해결될 문제라면 걱정할 필요 없고 해결 안 될 문제라면 걱정해도 소용 없다.

티베트 격언

문제의 속성은 걱정과 염려를 동반하는 것입니다.
하지만 걱정하고 염려하여 해결될 수 있는 문제는 없습니다. 단지 자신을 합리화하고 스스로를 위로할 뿐입니다.
'나는 잘하는데, 다른 이유가 있어서.'라는 책임 회피와 의심이 걱정 속에 숨어 있다는 말입니다.
이러한 걱정의 본질을 아는 사람은 염려할 시간에 구체적인 해결 방법을 찾습니다.
내가 해결할 수 없는 문제도 있습니다. 그것은 그대로 받아들이면 됩니다. 정직하게 받아들이면 이해하게 되고 이해하면 해결할 수 있습니다.

Day 355

망각의 축복

매일 일을 마치고 하루를 마무리한다. 몇 가지 실수와 어리석은 일을 저질렀으리라. 될 수 있는 한 빨리 그것들을 잊어라.

랠프 월도 에머슨

나를 사랑하는 사람이 나에게 말합니다.
"잊어버리세요."
나를 미워하는 사람은 나에게 말합니다.
"잊지 말고 꼭 기억하세요."
매일 하루를 정리할 필요가 있습니다. 내가 저지른 실수와 어리석은 결정, 잘못된 순간이 생각날 것입니다.
자, 이것을 어떻게 하겠습니까?
이것을 보따리에 싸서 내일 아침을 기다릴 것입니까?
가까운 강가로 가십시오. 그리고 흐르는 강물에 그 실수와 어리석음과 후회의 보따리를 던져 버리십시오.
망각이 있기에 우리 삶을 계속됩니다. 새롭게, 혹은 다시 반복하면서.

Day 356

귀 사용법

귀 기울여라. 너의 혀가 너를 귀머거리로 만들기 전에.

인디언 격언

자꾸 입만 쓰다 보면 결국 귀를 쓰지 않게 됩니다. 말하기에 바빠 남의 말을 듣지 않기 때문입니다.
귀를 사용하는 것은 상대방이 하는 말의 내용을 파악하는 것 이상의 의미가 있습니다.
상대방의 이야기에 귀를 기울인다는 것은 그를 소중하게 여기며 내 삶의 일부로 받아들인다는 뜻입니다.
대화를 잘하는 비결은 입이 아니라 귀에 있습니다. 먼저 상대방의 말에, 그의 마음과 삶에 귀를 기울여야 합니다.
귀를 기울이려는 노력이야말로 좋은 관계에 이르는 가장 빠른 통로입니다.

Day 357

어머니의 참사랑

하느님은 모든 곳에 있을 수 없어 어머니를 만들었다.

유대인 격언

신의 사랑을 가장 닮은 것이 있다면 어머니의 사랑일 것입니다. 어머니의 사랑을 보면 인간의 사랑도 참으로 아름답다는 것을 알 수 있습니다. 어머니의 희생, 용서, 기다림, 눈물, 기도…….

그러면서도 어머니는 어떤 대가도 바라지 않습니다. 참사랑이기 때문입니다.

어머니는 본능적으로 지혜롭고, 그 사랑은 죽음보다 강합니다. 어머니의 사랑을 아는 사람은 결코 삐뚤어지지 않습니다.

한 가정의 어머니, 이 사회의 어머니들 덕분에 우리가 이렇게 잘 살고 있는 것입니다.

Day 358

내일을 만드는 재료

내일이라고 부르는 빵을 굽기 위해서는 많은 재료가 필요하다네. 그중 하나가 고통이지.

작자 미상

좋은 내일을 만들기 위해 오늘도 참 많은 일을 합니다. 내일이라는 빵을 좀 더 맛있게 하기 위해 온갖 재료를 넣습니다. 그 재료 중에는 고통도 있습니다.
설탕만 넣으면 너무 달고 소금만 넣으면 너무 짭니다. 일어나는 일들은 저마다 달고 짜고 시고 쓴 독특한 맛을 지니고 있습니다.
누구도 고통의 쓴맛을 좋아하지 않습니다. 피할 수 있으면 끝까지 피하고 싶습니다. 하지만 그래도 고통이 찾아오면 당당히 맞서야 합니다. 고통도 삶의 맛을 내는 재료 가운데 하나이기 때문입니다.

Day 359

기적

용서란 용서할 수 없는 사람을 용서하는 것이며, 믿음이란 믿을 수 없는 것을 믿는 것이며, 소망이란 도저히 가망 없는 상황에서 희망을 갖는 것이다.

길버트 키스 체스터턴

위대한 사람은 보통 사람이 넘을 수 없는 세계를 넘어섭니다. 그들이 넘어선 세계에는 아주 특별한 만족과 독특한 행복이 있습니다.
용서의 참뜻을 이해하고 사랑으로 용서하면 놀라운 평화의 세계를 만납니다.
남들이 믿지 못하는 것을 믿으면 믿지 못하는 사람들은 맛볼 수 없는 기쁨이 찾아옵니다.
소망도 마찬가지입니다. 어디를 보아도 가망이 없을 때 찾아드는 희망이 참희망입니다. 참희망은 환경을 넘어서기에 기적을 만듭니다.

Day 360

끝까지 격려하라

사람들은 잔소리한 대로가 아니라 격려해 주는 대로 된다.

영국 격언

잔소리가 많아지고 격려가 사라지는 것은 불신이 싹텄다는 증거입니다.
누군가에게 무엇을 기대한다면 먼저 그를 믿어야 합니다. 믿지 않으면서 기대한다는 것은 거짓말입니다. 기대감의 밑바탕에는 믿음과 사랑이 자리 잡고 있으니까요.
그 믿음과 사랑이 사람을 변화시킵니다. 잘못을 지적하고 가르치고 설명한다고 사람이 변하지 않습니다. 말로 사람을 바꿀 수 있다는 생각은 착각입니다.
끝까지 믿으십시오. 끝까지 사랑하십시오. 끝까지 격려하십시오. 그대로 될 것입니다.

Day 361

사랑이 인생이다

사랑을 포괄할 만큼 큰 단어는 단 하나, '인생'밖에 없다. 모든 면에서 사랑은 곧 인생이다.

레오 버스카글리아

사랑과 인생은 같은 밀도와 크기를 지녔습니다.

한 사람의 인생은 그 사람의 사랑의 역사입니다. 오직 사랑만이 그 인생을 완전히 채울 수 있습니다.

우리는 사랑이 있기에 살 수 있습니다. 사랑이 없다면 태어날 수 없고 앞으로 더 살아갈 수도 없습니다.

인생을 사랑이라는 측면에서 볼 수 있어야 합니다. 그러면 건강하고 행복한 삶을 살 수 있습니다.

Day 362

비전이 인도하는 길

맹인으로 태어난 것보다 불행한 것은 '시력은 있되 비전이 없는 것'이다.

헬렌 켈러

땅 위를 걸으면서도 방향을 찾지 못하는 사람이 있습니다. 인생길을 걸으면서 어디로 갈지 모르는 사람이 얼마나 많은지 모릅니다.
꿈과 비전이 있는 사람은 늘 활력이 넘치고 매사에 호기심이 많습니다. 목적지가 뚜렷하기 때문에 시간을 낭비하지 않습니다. 설령 보지 못하는 사람이라도 비전이 있다면 늘 빛 가운데를 힘차게 걷습니다.
내 삶의 목적이 무엇인지 알고 하루하루 한 걸음씩 나가다 보면 어느새 목적지에 다다른 나를 발견할 것입니다. 우리의 인생길은 지식이나 기회가 아니라 비전이 인도합니다.

Day 363

겉과 속

속사람과 겉 사람이 하나일지어다.

소크라테스

위선자가 있습니다. 생각과 말이, 말과 행동이 다른 사람이 있습니다. 이런 사람은 다른 사람보다 더 힘들게 살아갑니다. 속사람과 겉 사람이 늘 갈등하고 다투기 때문입니다. 양심과 욕심이 싸우고 분노와 용서가 물러서지 않기 때문입니다.

이런 마음 상태를 다른 사람들이 알아채지 못하는 줄 알고 숨기려 하는데 그렇지 않습니다. 누구나 쉽게 알아채고 결국은 마음의 모든 것이 드러납니다.

행복으로 가는 지름길은 속사람과 겉 사람이 하나 되는 것입니다. 생각한 대로 말하고 말한 대로 행하면 됩니다. 이것만 지켜도 충분히 당당하고 자유로울 수 있습니다.

Day 364

고마워요, 이 한마디

감사의 말은 지구상에서 가장 강력한 힘이다.

조지 W. 크레인

"고맙습니다." 이 한마디가 없었다면 인류는 벌써 사라졌거나 돌처럼 딱딱한 삶을 살 것입니다.
"사랑했다." "고마웠다." 이 한마디가 삶 전체를 아름답게 하기 때문입니다.
우리는 이 한마디를 제대로 하기 위해 배우고 일하고 사랑하면서 살아갑니다.
감사를 아는 사람에게는 다른 것을 요구할 필요가 없습니다. 감사한다는 것은 삶을 깊이 이해하고 있다는 의미이기 때문입니다.

Day 365

최선의 행진

인간은 눈에 띄지 않을 만큼 작고, 말로 표현할 수 없을 만큼 연약하며 부서지기 쉽지만, 완성의 여지가 있다.

드니 아미엘

사람은 누구나 자기 방식으로 삶을 완성하려고 합니다. 그것을 위해 날마다 애태우며 노력합니다.
하지만 인간은 심히 연약하고 작은 존재이기 때문에 모든 일에 부족하고 실수투성이입니다.
그러나 여기에 인간의 아름다움이 있습니다. 한계를 인정하고 그 안에서 최상의 아름다움을 찾아내려고 하기 때문입니다.
완성은 절대적인 것이 아닙니다. 부족한 인간이 완성을 향해 가는 최선의 행진, 그 과정이야말로 인간을 귀하고 아름답게 합니다.
우리는 수없이 넘어지고 부서지지만 끝내 자신을 완성하고 맙니다. 이것이 인간의 슬픔이자 기쁨입니다.

사랑의 인사

초판 1쇄 발행 2009년 10월 28일
초판 18쇄 발행 2017년 11월 1일
개정증보판 1쇄 발행 2018년 7월 1일
개정 2판 1쇄 발행 2020년 5월 1일
개정 3판 1쇄 발행 2024년 3월 4일

지은이 정용철
펴낸이 허대우

펴낸곳 ㈜좋은생각사람들
주소 서울시 마포구 월드컵북로22 영준빌딩 2층
전화 02-330-0333, 02-333-0329(팩스)
ISBN 979-11-93300-24-4 (00810)

• 책값은 뒤표지에 표시되어 있습니다.
• 이 책의 내용을 재사용하려면 반드시 저작권자와 (주)좋은생각사람들 양측의 서면 동의를 받아야 합니다.
• 잘못 만들어진 책은 구입하신 곳에서 바꿔 드립니다.

좋은생각은 긍정, 희망, 사랑, 위로, 즐거움을 불어넣는 책을 만듭니다.

positivebook_insta www.positive.co.kr